Annette Wolter

Wellensittiche

Alles über Anschaffung, Pflege
Ernährung und Krankheiten

Mit 22 Farbfotos der besten Tierfotografen
und 30 Zeichnungen von Fritz W. Köhler

Gräfe und Unzer

Ein GU-RATGEBER

Redaktionsleitung: Hans Scherz
Lektorat: Doris Schimmelpfennig-Funke

Autorin und Verlag danken:
Prof. Dr. Jürgen Nicolai, Direktor des Instituts für Vogelforschung Wilhelmshaven-Rüstersiel, für die Durchsicht des Manuskriptes;
Fa. Effem, Verden/Aller, für die wissenschaftliche Beratung in Fragen der Wellensittich-Ernährung und für die Unterstützung bei der Illustrierung des Buches.

Die Fotografen:

Bielfeld: S. 54
Chaffer: S. 63, 64
Effem: Umschlagseiten 1, 3, 4 rechts unten, S. 53
Reinhard: Umschlagseite 2, S. 9
Wothe: S. 10, 27, 28

6. verbesserte Auflage

Umschlaggestaltung: Constanze Reithmayr-Frank, München
Satz und Druck des Textteils: Druckerei G. Wagner, Nördlingen
Offset-Reproduktionen und Druck der Farbbilder und des Umschlags: Graphische Anstalt E. Wartelsteiner, Garching
Bindung: Großbuchbinderei R. Oldenbourg, Heimstetten.
ISBN 3-7742-5814-7

Inhalt

Ein Wort zuvor

Dieses Buch ist eine Liebeserklärung an die Wellensittiche dieser Welt! Gewidmet allen Menschen, die mit Wellensittichen leben und sich bemühen, ihnen ein guter Freund und Beschützer zu sein. Seit meiner Jugend gehören Vögel in mein Leben, vor allem Wellensittiche. Ich mag diese drolligen Kleinpapageien, ihr munteres Wesen und ihre reizende Art, miteinander umzugehen. Im Laufe der Zeit habe ich allerdings lernen müssen, daß zur Wellensittichhaltung mehr gehört als nur Liebe zu den Tieren. Ständiger Erfahrungsaustausch mit anderen Vogelfreunden, Kontakte zu Vogelforschern und Tierärzten haben mir gezeigt, wie vielfältig die Probleme der Wellensittichhaltung sind. Um wirklich alle Fragen beantworten zu können, die sich im Zusammenleben mit Wellensittichen ergeben, habe ich vor Beginn der Arbeiten an diesem Buch Fragebögen verschickt. Aus den Antworten der Wellensittichhalter war abzulesen, wo Unsicherheit besteht und was besonders interessiert. Allen, die mir mit ihren Antworten und Anregungen beim Zustandekommen dieses Heimtier-Ratgebers geholfen haben, sei hier herzlich gedankt.

Das Ergebnis der Umfrage hat gezeigt, daß viele Wellensittichfreunde nicht immer wissen, was im Falle einer Erkrankung ihres Vogels zu tun ist und wie sie ihn vor Gefahren schützen können, die ihm in seinem »Lebensraum Wohnung« drohen. Die meisten der Befragten interessierte auch: Wie leben die wilden Artgenossen unseres Wellensittichs, welche Verhaltensweisen hat der domestizierte Wellensittich noch mit dem australischen Wildvogel gemeinsam und was bedeuten diese.

Der Wellensittich ist unser beliebtestes Heimtier; in 7 Millionen bundesdeutschen, österreichischen und schweizerischen Haushalten leben über 10 Millionen Wellensittiche. Jedoch nur ein kleiner Prozentsatz dieser Tiere wird älter als 5 Jahre – und das bei einer Lebenserwartung als Heimtier von 10 bis 14 Jahren.

Diese sicher auch für Sie erschreckende Tatsache beweist unter anderem, daß wir vom Wesen und der natürlichen Lebensweise dieser Vögel noch zu wenig wissen. Wellensittiche sind keine »Anfängervögel«, sie bleiben nur dann gesund, wenn man sie artgemäß hält, sie brauchen viel Zuwendung und liebevolle Pflege.

Mit diesem Buch möchte ich allen Wellensittich-Freunden helfen, gute Vogelhalter zu werden. Mit ein wenig gutem Willen und ausreichenden Kenntnissen gibt es immer einen Weg, seinem Wellensittich ein vogelgemäßes Leben zu ermöglichen.

Ich wünsche Ihnen einen lebhaften, gesunden Wellensittich, der vielleicht sogar munter zu plaudern lernt – und an dem Sie und Ihre Familie viele Jahre Freude haben.

Annette Wolter

Von Australien nach Europa

Die Stammeltern unserer Wellensittiche

»Langweilige Viecher«, dachte ich früher manchmal, wenn ich in irgendeiner Wohnung einen Wellensittich in seinem Käfig sah, stumpfsinnig auf der Stange sitzend. Einzige erkennbare Lebensäußerung: Der Vogel stupste mal eine kleine Glocke oder einen Spiegel mit dem Schnabel an, oder er putzte sich. Damals wußte ich nichts über Wellensittiche.
Als »langweilige« Tiere hat auch der englische Naturforscher *Sir John Gould* die grünen Zwergpapageien in Australien beschrieben, die »stundenlang reglos in den Ästen hoher Bäume sitzen und keinen Laut von sich geben, jedoch am frühen Morgen und am späten Abend etwas munterer sind«. Dennoch fand Sir Gould soviel Gefallen an den kleinen Papageien, daß er ein Pärchen von ihnen mit nach England nahm, sozusagen die Stammeltern unserer heute so beliebten und geliebten Hausgenossen. Das war 1840, also vor fast 140 Jahren.
In England erregten die exotischen Vögel viel Aufsehen, Gefallen, aber auch Habsucht. Habsucht bei den Menschen, die stets alles besitzen wollen, was selten und gerade »in« ist, und Habsucht bei jenen, die das gute Geschäft witterten. Damit begann für die kleinen Wildlinge aus Australien eine lange Leidenszeit; zu Hunderttausenden wurden sie gefangen und auf die wochenlange Schiffsreise nach Europa geschickt. Neben England waren Holland und Belgien große Umschlagplätze für die Ware Tier, von der allerdings stets nur ein kleiner Teil lebend das Ziel erreichte. Man fing die Vögel zwar in riesigen Mengen, um Geschäfte mit ihnen zu machen, aber man hatte sich nicht die Zeit genommen, zuvor zu ergründen, welche Mindestbedingungen sie brauchten, um überhaupt überleben zu können. Auch von den Tieren, die die qualvolle Strapaze des Transports überstanden, gingen die meisten nach ihrer Ankunft zugrunde, war es doch damals noch Glückssache, ob sie überhaupt für sie verwertbare Nahrung erhielten.
Mit zunehmendem Wissen über die nötige Ernährung und Pflege der Wellensittiche gelang es schließlich, die Vögel als Heimtiere einzugewöhnen. So entwickelten sich die importierten Wellensittiche zu einigermaßen munteren, wenn auch scheuen Käfigvögeln; sie waren der Stolz ihrer reichen Besitzer, die für die kostspielige Importware aus dem fünften Kontinent auch einen entsprechend hohen Preis zu zahlen hatten.

Für den zutraulich gewordenen Wellensittich ist der Finger seines Pflegers ein Lieblingsplatz.

Der domestizierte Vogel

Sehr bald wunderten sich die Vogelhalter, daß Wellensittichweibchen in ihren Käfigen zwar Eier legten, aber nicht zu brüten begannen, obgleich die männlichen Partner dabei waren. Ganz zufällig entdeckte man in Gemeinschaftsvolieren, daß sich Wellensittichweibchen in für sie viel zu kleine Kokosnußschalen zwängten, die eigentlich als Bruthöhle für Prachtfinken dienen sollten; einigen Weibchen gelang es, darin zu brüten. Die ersten Zuchterfolge stellten sich ein. Und bereits wenige Jahre nach den ersten großen Importen wurde der Wellensittich in England, Holland und Frankreich gezüchtet und verkauft. Inzwischen waren in Australien endlich auch das Fangen und die Ausfuhr von Wellensittichen von der Regierung verboten worden.

Der Mensch als Ersatzpartner

Die wichtigste Entdeckung ist wiederum dem Zufall zu verdanken: Als der Mensch an verwaisten Jungvögeln Mutterstelle vertrat, wurden die »von Hand« aufgezogenen Vögel lebenslang zutraulich und anhänglich; sie akzeptierten ihren Pfleger als ihresgleichen und übertrugen auf ihn alle arteigenen Zuwendungen. Das hat sich bis heute nicht geändert. Der Wellensittich – von Natur aus gewohnt, in einer Schar zu leben – hat auch in Gefangenschaft einen so hartnäckigen Sinn für Geselligkeit, daß er am liebsten Tag und Nacht auf der Schulter, dem Kopf oder der Hand seines menschlichen Partners verbringen möchte. Der Vogel putzt statt der Federn seines Artgenossen Haut und Haare seines Pflegers, ja, er versucht sogar, ihn zu füttern, und ein Männchen kann alles mögliche erfinden, um auch zu so etwas wie Balz und Paarung mit seinem Menschenkumpan zu kommen. Aus dem Nachkommen des australischen Wildlings ist ein »Menschen«-Vogel geworden, der das Bleistiftende in der Hand seines Besitzers als Sitzplatz jedem Ast vorzieht, der gieriger nach menschlicher Nahrung ist als nach seinen Körnern, der den Mittagsschlaf seines Freundes am liebsten auf dessen Nase sitzend teilt. Viele zahme Vögel entfalten sprudelnde Lebensfreude, auffallende Intelligenz und großen Einfallsreichtum. Sie spielen regelrecht mit ihrem Pfleger und entwickeln dabei ganz bestimmte Verhaltensrituale. Wenn der Vogel im Zusammenleben mit dem Menschen dann noch beginnt, vertraute Laute nachzuahmen oder gar Wörter nachzusprechen, ist der Mensch immer wieder gerührt und verblüfft von diesem kleinen Ausbund an Charme und Possierlichkeit.
Daß der kleinste aller Papageien so gut »sprechen« lernt wie seine großen Vettern, war sicher eine Überraschung für seine Züchter (→ Seite 32). Aber er lernt es wirklich, einzelne Wörter, kleine Sätze, Melodien, Pfiffe oder bestimmte Geräusche nachzuahmen. Ganz sicher trug und trägt dieses Phänomen wesentlich zur großen Beliebtheit des Wellensittichs bei. Zudem ist er leicht zu halten. Er verursacht wenig Schmutz, braucht wenig Nahrung, nur ein verhältnismäßig kleines Bauer, und man kann ihn heute für wenig Geld kaufen. Leider ist vielen frischgebackenen Wellensittichhaltern nicht ganz klar, welchen Schatz sie da nach Hause tragen. Denn nur wenn man sich wirklich intensiv mit dem Vogel beschäftigt, und wenn man es ihm ermöglicht, ein wenig seiner Art gemäß zu leben, kann sich seine kleine Vogelpersönlichkeit entfalten. Von Persönlichkeit kann man beim Wellensittich sprechen: Ein jeder entwickelt ganz bestimmte Eigenheiten, ein besonderes Temperament, ausgeprägte Vorlieben und Abneigungen.
Auch gleicht kein Wellensittich in Aussehen einem Artgenossen wie ein Ei dem anderen. Das Talent zu sprechen ist nicht jedem gegeben.

Kleine Wellensittich-Kunde

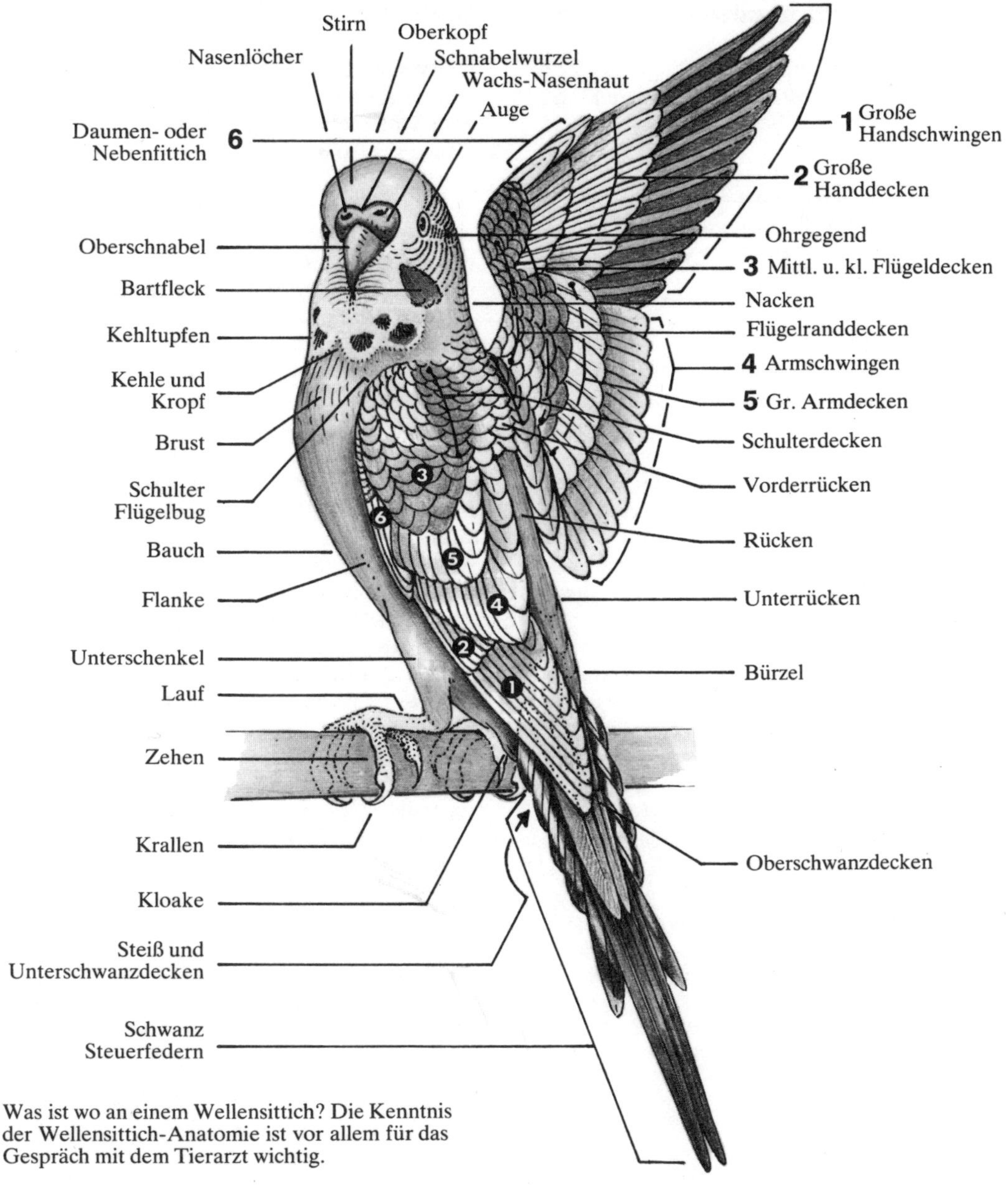

Was ist wo an einem Wellensittich? Die Kenntnis der Wellensittich-Anatomie ist vor allem für das Gespräch mit dem Tierarzt wichtig.

Wellensittiche sind gewandte und schnelle Flieger. ▷
Nur ein Wellensittich, der ab und zu fliegen darf, wird auf Dauer gesund und munter bleiben.

Der Wellensittich und seine Verwandten

Nach der systematischen Ordnung der Zoologie gehört der Wellensittich an folgenden Platz:

Klasse: Vögel = Aves
Ordnung: Psittaciformes
Familie: Psittacidae
Unterfamilie: Psittacinae
Gattung: Melopsittacus
Art: undulatus

Plattschweifsittiche, die nächsten Verwandten des Wellensittichs, sind in Australien, wenige Arten davon auch in Neuseeland und auf den nahegelegenen Inseln beheimatet. Andere Sittiche, wie beispielsweise die Keilschwanzsittiche, leben in Südamerika; der Wellensittich aber kommt ausschließlich auf dem australischen Kontinent vor. Als kleinster Plattschweifsittich und als häufigster Vogel Australiens ist er so etwas wie der Spatz des Kontinents.
Sein Name *Melopsittacus* = Singpapagei erklärt sich mit seinem hübschen, plaudernden Gesang, das zweite lateinische Wort *undulatus* verhalf uns zur deutschen Bezeichnung, denn es heißt gewellt und bezieht sich auf die Wellenzeichnungen seines Gefieders. In England heißt der Wellensittich *Budgerigar* oder *Budgerygah.* Diesen Namen brachte er einstmals aus seiner Heimat mit nach England. Die australische Buschbevölkerung nannte ihn nämlich *Bedgerigah* oder *Betcherrygah,* was »gutes Essen« heißt und daran erinnert, daß der kleine Kerl früher gebraten und verspeist wurde.

Größe und Aussehen

Der wilde australische Wellensittich ist etwas kleiner als der domestizierte in Europa, der vom Schnabel bis zur Schwanzspitze eine Länge von 16 bis 20 cm erreicht. Er wiegt etwa 35 bis 40 Gramm. Die Naturfarbe des Wellensittichs ist grasgrün – in Holland hieß er deshalb früher auch *Grassittich.* Grün sind, genaugenommen, nur Unterrücken, Brust und Bauch. Hinterkopf, Oberrücken und Flügel sind gelblich mit ausgeprägten, querlaufenden schwarzen Wellenlinien; diese Partien wirken dunkler als die grünen. Die beiden langen Mittelfedern des fächerartigen Schwanzes, der die Hälfte der gesamten Körperlänge ausmacht, sind dunkelblau, die innen im Fächer liegenden Federn grün und tragen eine breite gelbe Querbinde. Das Gesicht des Wellensittichs ist bis zur Kehle hellgelb. Als Abschluß der *Maske,* wie man das Gesicht auch nennt, wachsen links und rechts die länglichen violetten *Bartflecken* und von ihnen ausgehend, nach innen zu je drei schwarze *Kehltupfen.* Die Kehltupfen sind etwa so groß wie ein Stecknadelkopf.
Die schwarzen runden Pupillen seiner Augen sind von einem feinen weißen Irisstreifen umgeben. Das Augenlid schließt sich von unten nach oben und ist so zart, daß man beim schlafenden Vogel die Pupille durchscheinen sieht. Selbstverständlich hat der Wellensittich den bei Papageienarten üblichen Papageienschnabel, in den Proportionen seiner Größe angepaßt. Der spitze, rundgebogene, kräftige Oberschnabel greift über den breiten, kurzen Unterschnabel. Er ist hell-beige, grau-beige oder gelblich. Die Zunge ist dunkel-violett, rund, wulstartig und erinnert an einen kurzen, dicken Wurm.

◁ Gefiederpflege gehört zu den wichtigsten und häufigsten Tätigkeiten eines Wellensittichs. (Oben rechts: Die Schwanzfedern werden durch den Schnabel gezogen.)

Geschlechts-Kennzeichen

Über dem Oberschnabel sitzen die beiden Nasenlöcher in der glatten *Wachshaut,* die beim Männchen kräftig blau, beim Weibchen beige, bräunlich oder braun gefärbt ist. Die Farbe der Wachshaut ist das deutlichste Geschlechtsmerkmal. Das Blau der Wachshaut des erwachsenen Männchens ist immer deutlich zu erkennen, wenngleich es auch bei schwachen oder kranken Vögeln etwas blasser werden kann. Nur im Alter bekommen auch Männchen manchmal eine bräunliche oder rissige Wachshaut. Die Wachshaut der Weibchen dagegen ist oft individuell getönt; zu Beginn und während der Brut wird sie aber glatt und heller, danach ist sie wieder dunkler und leicht runzlig.
Die Beine und Füße der naturfarbenen Wellensittiche sind kräftig und von feingerillter bläulich-grauer Haut umgeben. Von den vier Zehen des Fußes sind die beiden äußeren nach hinten, die beiden inneren nach vorne gerichtet, was typisch ist für einen Klettervogel.

Farbschläge und andere Standards

Aus Freude an Farben und natürlich auch aus züchterischem Ehrgeiz sind von den Züchtern in aller Welt Wellensittiche in den unterschiedlichsten Farbvariationen geschaffen worden. Preisrichter bewerten auf Ausstellungen die gelungensten »Schöpfungen« nach einem komplizierten Punktesystem wie Rosen oder Spitzenweine. Geprägt wurde das Schönheitsideal in England, dem Land der erfolgreichsten Tierzüchter und Rasse-Bildner. Einen solch einwandfreien *Standard* – das Idealbild einer Züchtung, das in Körperform, Haltung, Gefieder, Farbe und Zeichnung festgelegten Vorstellungen entspricht – kann man auf Bildern bewundern oder auf einer exklusiven Vogelschau. Man bekommt dort die erstaunlichsten Schönheiten zu sehen, aber nur selten einen quicklebendigen und munteren Wellensittich.
Da gibt es Hellgrün, Olivgrün, Dunkelgrün, Graugrün, Kobaltblau, Himmelblau, Dunkelblau, Violett, Mauve, Grau, Gelb, Weiß, Falbgrün, Falbblau, Zimtgrün, Zimtblau und Kombinationen wie Gelbgesicht, Gelbflügel, Weißflügel, Grauflügel oder Regenbogenfarbige.
Neben der Einteilung nach Farbschlägen bezeichnet man Wellensittiche auch noch nach anderen Merkmalen, beispielsweise Lacewings, was zu deutsch »Spitz-Flügel« heißt, oder »rezessive Schecken«, im Handel als Harlekine bekannt. Es gibt Standards mit Halbrundhauben, Rundhauben und Spitzhauben, die sogenannten Opaline, das sind Vögel, deren Wellenzeichnungen V-förmig am Rükken zwischen den Flügeln ausgespart sind. Lutinos sind rein gelbe Vögel mit schwarzen Augen; sie kommen aber auch mit roten Augen vor. Albinos dagegen sind rein weiße Vögel, die rote Augen haben, jedoch auch mit schwarzen Augen vorkommen. Bandschecken wiederum tragen zwei vorherrschende Farben, bandartig über Brust und Bauch verteilt.
Diese Aufzählung ist längst nicht vollständig; zukünftige Züchter finden zur genauen Information auf Seite 72 Fachliteratur (→ »Bücher, die weiterhelfen«).

Überlegungen vor der Anschaffung

Einzeltier oder Pärchen: Was besser zu Ihren Lebensgewohnheiten paßt

Bevor Sie den Gang in eine Tierhandlung oder zum Züchter antreten, sollten Sie sich genau überlegen, ob ein Einzeltier oder ein Pärchen besser zu Ihren Lebensgewohnheiten paßt. Sind Sie tagsüber die meiste Zeit außer Haus, dann ist ein Wellensittich-Pärchen für Sie das richtige. Ein Einzeltier würde in einem solchen Falle vor Einsamkeit eingehen. Wellensittiche sind gesellige Tiere, die in ihrer Heimat Australien in Scharen durchs Land ziehen, und brauchen Gesellschaft: Artgenossen oder Menschen, die den fehlenden Artgenossen ersetzen.
Die Haltung eines Einzeltieres ist dann richtig und zu verantworten, wenn Sie viel Zeit für Ihren Wellensittich aufbringen können und wenn Sie möchten, daß er sprechen lernt. (Die Frage Männchen oder Weibchen ist dabei zweitrangig.) Das bedeutet dann allerdings, daß Sie sich viel mit Ihrem Wellensittich beschäftigen müssen, und zwar nicht nur, damit er sprechen oder pfeifen lernt. Kommt ein Wellensittich in einer Freivoliere unter vielen anderen Artgenossen zur Welt und verbringt er dort auch seine Jugendzeit, wird er sich später dem Menschen nur sehr schwer anschließen. Die Beziehung zu seinem Besitzer geht dann höchstens soweit, daß der Vogel die größte Scheu vor ihm verliert und ihn als Futterspender erkennt.
Wer Wellensittiche in einer großen Voliere hält, kann sich auch die Freude einer vielfältigen Vogelgesellschaft gönnen. Roter Kardinal, Nymphensittich, Kanarienvogel, Spitzschwanzamadine, Gouldsamadine, Schönbürzel und Pärchen von Reisfinken, Schmetterlingsfinken und Zebrafinken vertragen sich gut mit Wellensittichen.

Wie Ihr künftiger Wellensittich aussehen wird, entscheidet sich, wenn Sie vor der Gemeinschaftsvoliere in der Tierhandlung oder beim Züchter stehen. Dann gefällt Ihnen bestimmt einer aus der Schar besonders gut: vielleicht seiner Farbe wegen oder weil er besonders drollig und lebhaft ist. Wenngleich der Frage Männchen oder Weibchen keine besondere Bedeutung zukommt, ist es für Sie nützlich zu wissen, wodurch sich die beiden Geschlechter unterscheiden. Die weitverbreitete Meinung, Männchen würden schneller sprechen lernen und eher zutraulich werden, habe ich bisher nicht bestätigt gefunden. Ich kenne ebensoviele Weibchen wie Männchen, die über einen beachtlichen Wortschatz verfügen und zutraulich geworden sind. In einem unterscheiden sich Weibchen allerdings von den Männchen: Ihr Hang zum Nagen ist wesentlich stärker; sie untersuchen ihre Umgebung ständig auf eine Nistmöglichkeit hin und erproben dabei jedes vorhandene Material auf Eignung. Allerdings legt sich das mit der Zeit: Findet das Weibchen nichts, wo hinein es seine Höhle meißeln könnte, dann gibt es diese Art von Brutaktivitäten auf. Als Vorsorge und damit Ihre Einrichtungsgegenstände geschont werden, können Sie ihm Äste zum Nagen geben, die Sie am besten im Käfig fest anbringen. Im übrigen gibt es zwischen Weibchen und Männchen im Wesen keine deutlich ausgeprägten Unterscheidungsmerkmale. Sie können von jedem Geschlecht einen ausgesprochen lebhaften Vogel bekommen, der nach einiger Zeit kaum noch Scheu vor Menschen zeigt, verspielt ist – und vielleicht sogar ein kleines Sprechgenie. Sie können aber auch von jedem Geschlecht das Gegenteil bekommen: nämlich einen scheuen Vogel, der aus Angst vor allem Unbekannten freiwillig in seinem Bauer bleibt, sich nur zaghaft an

einen Menschen anschließt und es kaum wagt, seine Stimme zu gebrauchen.
Eines möchte ich aber schon hier erwähnen: Das spätere Temperament eines Wellensittichs wird weitgehend in den Wochen vom Schlüpfen bis zum Flüggewerden bestimmt. Macht ein Vogeljunges mit Menschen unangenehme Erfahrungen, wird es nur dann die ganze Lebhaftigkeit seiner Artgenossen entwickeln, wenn der Pfleger in der Lage ist, sein Mißtrauen mit Geduld und Liebe wieder abzubauen. Daß dies gelingen kann, erlebte ich bei meinen beiden Wellensittichen.

Manky und Mini – zwei Pflegefälle

Manky, das Männchen, holte ich für Bekannte, die den Vogel ihrem alten Vater schenkten, aus einer Zucht, aus der mein Neffe am gleichen Tag für sich seinen Maxi aussuchte. Die Vögel waren zwar keine Geschwister, aber unter gleichen Bedingungen Kinderstuben-Genossen. Maxi war ein Harlekin, vorwiegend weiß, Manky ein einfacher kobaltblauer Wellensittich. Maxi wurde in seiner Familie gut gepflegt, von allen geliebt und erhielt viel Zuwendung. Er war ein lebhafter kleiner Kerl, mitunter aus lauter Lust am Kontakt sogar aggressiv. Er sprach kein Wort, pfiff aber wie ein Gassenjunge und ahmte am liebsten den Gesang der Amseln nach.
Manky dagegen kam in die etwas düstere Wohnküche des alten Vaters. Er wurde zwar pünktlich mit Futter und Wasser versorgt, blieb aber sonst ohne besondere Zuwendung. Deshalb gelang es ihm zunächst nicht, Kontakt zum Menschen zu erwerben. Als der alte Herr bald darauf starb, wollte niemand aus der Familie den Vogel übernehmen; so kam er zu mir. In den ersten Tagen wagte ich kaum, mich dem Vogel zu nähern, er lag zitternd vor Angst buchstäblich auf dem Bauch. Die Züchterin, die ich um Rat fragte, meinte, dieser Wellensittich könne nicht mehr richtig zahm werden, da er jetzt schon über die hierfür günstigsten Lebenswochen hinaus sei. Sie bot mir an, ihn zurückzunehmen – sie wollte ihn für die Zucht behalten. Da mich der kleine Vogel erbarmte, behielt ich ihn. Ich nahm mir vor, er sollte es bei mir besonders gut haben. Manky wurde schließlich trotz seiner kontaktarmen Jugend ein lebhafter, kontaktfreudiger Wellensittich.
Als ich beschlossen hatte, Manky ein Weibchen zu besorgen, fuhr ich wieder zu einem Züchter. In dem großen Weibchen-Angebot entdeckte ich nach einer Weile mitten in dem Federknäuel der vielen jungen Wellensittiche, die alle gleichzeitig in die schützende Ecke des Kartons drängten, einen gelbblauen Vogel. Ihm fehlten die Federn am Oberrücken und Hinterkopf, statt dessen gab es blutverkrustete Stellen. Der Züchter erklärte, dieses Weibchen sei das Nesthäkchen. Als die Mutter mit der zweiten Brut begann, trieb sie es durch Ausreißen der Federn aus dem Nest. »Die kommt eh nicht durch, denn sie kann noch nicht fressen«, meinte der Züchter. Also nahm ich Mini mit. Zwei Tage und Nächte lang wurde sie von mir in dreistündigem Abstand gefüttert, dann übernahm Manky diese Fürsorge.
Mini lebt nun schon seit mehr als 5 Jahren bei uns und wurde ein selbstsicheres, oft sogar tyrannisches Weibchen.
Mit diesen kleinen Geschichten wird vielleicht ein wenig deutlich, wieviel der Pfleger eines Wellensittichs dazu beitragen kann, frühe negative Erlebnisse vergessen zu lassen. Gleichzeitig wollte ich aber auch noch dies sagen: Ich bin auf jeden Fall für ein Pärchen!

Überlegungen vor der Anschaffung

Männchen oder Weibchen?

Wenn Sie schon jetzt wissen, daß Ihr Wellensittich nicht viel Zuwendung erhalten und auch nicht oft frei fliegen kann, dann rate ich Ihnen, sich ein Pärchen anzuschaffen und es in einem großen Käfig zu halten. Die beiden werden sich in ihr begrenztes Territorium fügen und darin trotz vielleicht eingeschränkter Bewegungsfreiheit eine reizende Zweisamkeit entwickeln. Es ist auch egal, ob zwei Männchen oder zwei Weibchen zusammenkommen. Leben zwei gleichgeschlechtliche Vögel in einer Zweiergemeinschaft, so wird einer von beiden die Rolle des fehlenden Geschlechtspartners übernehmen; also einer wird als Männchen agieren und einer als Weibchen. *Konrad Lorenz* beschrieb dies sehr anschaulich am Beispiel zweier Kolkrabenweibchen. Sie balzten einander an – das kräftigere von beiden in der Rolle des Männchens, das andere als typisches Weibchen. Als dem Paar später ein echtes Männchen zugesellt wurde, reagierte das bisher vermeintliche Männchen sofort typisch weiblich und ging schließlich eine echte Ehe mit dem Neuankömmling ein. Sicher kann man das Beispiel nicht bis ins Detail auf Wellensittiche übertragen, ehe nicht entsprechende Versuche einwandfreie Ergebnisse bringen. Aber ähnlich laufen die Reaktionen zweier gleichgeschlechtlicher Wellensittiche in einer Gemeinschaft sicher ab.

Sind Sie aber nicht nur ein Freund Ihres Vogels, sondern auch noch neugierig, dann holen Sie Ihrem Wellensittich einen passenden Geschlechtspartner ins Haus. Sie erleben so das reizende Spiel der Werbung und schließlich der Vogelhochzeit aus nächster Nähe – ein Schauspiel, das in der freien Natur nur selten und dann meist nur bruchstückhaft beobachtet werden kann. Hinzu kommt noch etwas ganz Wichtiges: Wenn Sie mit Ihrem zunächst einzigen Wellensittich Freundschaft geschlossen haben, ihn an ein Zusammenleben mit sich gewöhnt und ihn vielleicht auch zum Sprechen gebracht haben, dann verschwinden diese Errungenschaften auch nicht durch die Gegenwart eines Vogelpartners.

Wie Sie einem Wellensittich, der in Ihrer Wohnung lebt, helfen können, lange gesund und lebensfroh zu bleiben, werde ich Ihnen in den folgenden Kapiteln im einzelnen beschreiben. Daß die Vögel bei guten Bedingungen 15 bis 16 Jahre alt werden können, beweisen viele »rüstige Senioren«.

Was ein Wellensittich braucht

Am besten ist es, Sie kaufen zuerst alles, was der Vogel braucht, richten seinen Käfig am vorgesehenen Platz her und kaufen erst dann Ihren neuen Hausgenossen. Er wird Ihnen meist in einer relativ engen Pappschachtel übergeben – verständlich, daß er darin Angst hat. Bringen Sie ihn daher auf schnellstem Wege nach Hause und befreien Sie ihn aus seinem »Gefängnis«. Das läuft am reibungslosesten, wenn wenigstens der Käfig – mit Sand, Futter und Wasser versehen – für ihn bereit ist. Jetzt aber der Reihe nach:

Der richtige Platz für das Vogelheim

Vögel lernen ihre nähere Umgebung sehr genau kennen, betrachten diese als ihr Revier und sind verstört, wenn sie daraus entfernt werden. Ihr Wellensittich braucht also von vornherein einen festen Platz, an dem sein Bauer Tag und Nacht bleiben kann. Dieser Platz muß hell, möglichst ruhig sein und gute Sicht erlauben. Es darf also keine dunkle Ecke gewählt werden, aber auch kein Platz vor einem Fenster, auf das stundenweise praller Sonnenschein fällt, ebenso nicht ein Platz zu nahe an der Heizung. Ungünstig ist auch ein »Verkehrsknotenpunkt« innerhalb der Wohnung, also eine Stelle, an der ständig alle vorbei müssen. Vor allem muß es ein windgeschützter, zugfreier Platz sein, denn durch Zugluft erkrankt ein Wellensittich rasch und stirbt.

Außerdem soll der Vogel von seinem Käfig aus beobachten können, was um ihn herum vorgeht, ohne selbst mitten im Geschehen zu stehen, und das von möglichst hoher Warte aus, denn hier fühlt er sich am sichersten. Ist er doch von Natur aus gewöhnt, auf hohen Bäumen zu leben. Sein Instinkt sagt ihm außerdem, daß Gefahr in aller Regel von oben droht (Greifvögel), also ängstigt ihn alles, was über seinem Kopf geschieht. Die unmittelbare Nähe des Fernsehers ist auch nicht der richtige Platz, vor allem deswegen, weil der Vogel abends seine Ruhe braucht – wie kleine Kinder auch.

Ideal ist es, wenn sein Bauer nach einer Seite hin Rückendeckung bietet, das gibt dem Vogel mehr das Gefühl der Geborgenheit. Haben Sie nun zwar den geeigneten Platz gefunden, aber das Möbelstück fehlt, auf das der Käfig fest und sicher gestellt werden könnte, dann sollten Sie sich für die Anschaffung eines Ständers entschließen, an dem der Käfig aufgehängt wird. Diese Ständer sind stabil und lassen sich leicht am idealen Platz aufstellen.

Ich möchte Ihnen noch einen Tip aus eigener Erfahrung geben: Kontrollieren Sie

Der Käfig am Ständer läßt sich meist mühelos an der geeignetsten Stelle im Zimmer unterbringen.

schon beim Kauf des Vogelheims, ob die beiden seitlich angebrachten Metallklammern die Sandschale auch bei heftigeren Erschütterungen am Gitterhaus sicher festhalten. Es gibt Käfige, bei denen diese Klammern zu schwach sind – die mögliche Folge: Eine Klammer rutscht ab, die Sandschale fällt polternd zu Boden, Panik beim Vogel, Schrecken bei Ihnen, Schmutz im Zimmer. All dies kann vermieden werden. Ich habe mir für jede Klammer breite Metallhaken besorgt und jeweils zwei davon an ein breites, festes Gummiband genäht; die Haken werden links und rechts in die Metallklammern eingeklinkt, das Gummiband drückt die Sandschale stramm und sicher an das Gitterhaus.
Die zweite Vorsichtsmaßnahme bei Verwendung eines Ständers: Die Tragestange ist durch eine kräftige Schraube am schweren Fuß des Ständers befestigt. Im Laufe der Zeit kann sich die Schraube durch Hin- und Herschieben des Ständers gefährlich lockern; also häufiger kontrollieren, ob die Schraube noch fest angezogen ist.
Der Käfig des Vogels kann auch mit Hilfe von kräftigen Dübeln und Haken an die Wand gehängt werden. Sie können ihn auch auf ein Wandbord stellen, für das es Wandarme im Zoofachhandel zu kaufen gibt.

Geeignete Käfige

Die meisten Menschen finden das Wort Käfig nicht sympathisch, es erinnert an Gefangenschaft. Ihr Wellensittich entwickelt aber zu seinem Käfig ein ganz anderes Verhältnis. Für ihn wird der Käfig zum bevorzugten Wohnrevier, zur Zufluchtsstätte, zum Schlafplatz, zum Tischleindeckdich. Nur, Sie sollten einen zweckmäßigen Käfig wählen, ohne unnötiges

Großer Holz-Käfig mit geschlossenen Seitenwänden, Decke und Rückwand. Auch als Balkon-Käfig geeignet.

Brimborium, kurz – den Anforderungen eines Wellensittichs entsprechend. Zunächst einmal die Größe: An manchen Tagen wird der Vogel zu seinem Besten – trotz Ihrer guten Vorsätze für seine Flugstunden – mehr im Käfig leben müssen als außerhalb. Deshalb nehmen Sie am besten einen Käfig, der groß genug ist, um dem Vogel das Lüften seiner Flügel zu ermöglichen und auch ihren andeutungsweisen Gebrauch, wenn er vom einen Ende des Bauers zum anderen will. Ein solcher Käfig wäre dann auch groß genug, wenn später noch ein Partner hinzukommt. Seine Ausmaße liegen bei mindestens 100 cm Länge, 50 cm Tiefe und 80 cm Höhe; jedenfalls rechteckig und länger als hoch. Jeder viel kleinere Käfig ist mehr zum Essen und Schlafen da; seine Tür sollte möglichst tagsüber offenstehen, damit der Aufenthalt des Vogels im Käfig freiwillig ist. Je nach Erfordernissen kann er in einem kleinen Bauer aber auch stundenweise eingesperrt bleiben.
Die schönen langgestreckten Käfige aus Hartholz mit Metallstäben und einer festen Rückwand aus Holz werden leider kaum mehr angeboten. Man findet sie noch auf dem Trödelmarkt, doch meist so ramponiert, daß man

kein Vertrauen mehr in ihre Sicherheit haben kann. Geschickte Bastler können solche Käfige vielleicht selbst bauen, dann in beliebiger Größe.
Bei den industriell hergestellten Käfigen können Sie heute je nach Geschmack zwischen messingfarbenem und in verschiedenen Far-

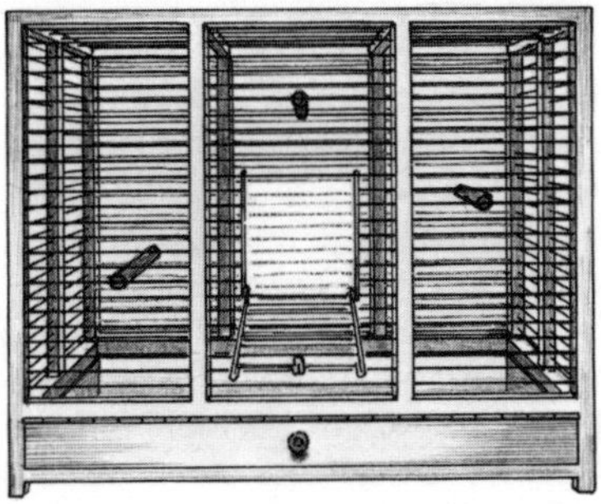

Der ideale Zimmer-Käfig für Wellensittich-Pärchen. Gerade Wände aus Querstäben mit Hartholz-rahmen . . .

ben gestrichenem Metall wählen. Dem Vogel wird das Aussehen gleichgültig sein. Wichtig allein sind Größe und Funktion. Über die Größe sind wir bereits einig, bleibt die Funktion. Der Wellensittich ist ein Klettervogel. Um sein Kletterbedürfnis so gut wie nur möglich befriedigen zu können, müssen mindestens an zwei, aber besser noch an allen vier Seiten die Metallstäbe quer verlaufen. Auf dem Dach des Vogelbauers können zusätzlich ein Kletterbogen und Spielzeug angebracht werden, was dem Vogel Abwechslung bringt und ihn vor Langeweile schützt. In der Sandschale müssen ein gut gleitender, ausziehbarer Sandschuber und an dessen einem Ende die beiden Schalen für Wasser und Körner stecken. Meistens spannt sich über den Schälchen noch

. . . und mit Metallrahmen. Die Sandschuber sind herausziehbar und daher leicht zu reinigen.

ein kleines Kunststoffdach, um die Nahrung vor dem Verschmutzen zu schützen.
Junge Wellensittiche können aber vor diesen Dächern so viel Angst haben, daß sie vor den vollen Schälchen verhungern. Streuen Sie dann wenigstens so lange zusätzlich Körner auf den Sand, bis der Vogel sich an die überdachten Näpfchen gewöhnt hat.
Überaus wichtig: Das Türchen zum Vogelhaus muß sicher schließen! Wellensittiche vollbringen Erstaunliches mit ihrem Schnabel und suchen auch stets nach einer Betätigung für ihn. Hat der Vogel hierfür keinen besseren Gegenstand im Käfig, wird er sich an der Tür zu schaffen machen. Viele Vögel sind schon auf diese Weise entkommen. Es gibt Miniatur-Karabiner-Haken, mit denen man die Tür absolut sicher verschließen kann.
Die Sitzstangen im Käfig sind aus Hartholz

Sitzstangen müssen so stark sein, daß sie der Wellensittich nicht umgreifen kann. (Links: richtiger Durchmesser, rechts: zu dünn.)

und so dick, daß sie der Fuß des Wellensittichs eben umfassen kann (→ Zeichnung). Es kommt aber vor, daß die Vögel durch die unnatürlich glatten und gleichdicken Stangen Wucherungen an den Zehen bekommen. Um dem von allem Anfang an vorzubeugen, holen Sie für den Käfig Zweige aus dem Wald. Sie sollten etwa so dick sein wie die gekauften Stangen (2,5 bis 3 cm Durchmesser), einige aber können ruhig dicker, andere dünner sein und von verschiedenen Bäumen; zum Beispiel Eiche, Erle, Pappel, Eberesche, Holunder, Haselnuß (bei Obstbaumzweigen darauf achten, daß sie frei sind von Insektenschutzmitteln! Keine giftigen Hölzer verwenden, beispielsweise Eibe!). Die Zweige müssen zurechtgeschnitten und anstelle der Stangen sicher befestigt werden. Ragt ein Zweig durch

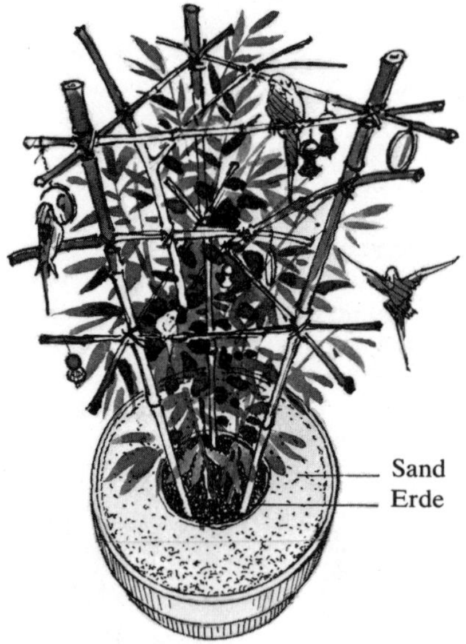

Der Wellensittich-Baum fürs Zimmer – ganz einfach zu basteln – wird garantiert auch der Lieblingsplatz Ihrer Vögel.

das Gitter nach außen, so wird dies bestimmt der Lieblingsplatz Ihres Vogels außerhalb seines Käfigs werden. Machen Sie sich aber darauf gefaßt, daß dies für Sie keine einmalige Arbeit war. Der Vogel soll und wird die Zweige allmählich zernagen, dann muß man sie durch frische ersetzen.
Eine Stange werden Sie sicherlich nur schwerlich auswechseln können – und sollten es auch nicht: die der Schaukel. Die Schaukel ist nämlich für viele Vögel der Lieblingsplatz im Käfig, häufig auch der bevorzugte Schlafplatz. Sind aber Naturzweige im Vogelhaus, so haben die Zehen des Vogels genügend Abwechslung. Leben erst einmal zwei Wellensittiche im Käfig, wird sich am Besitz der Schaukel bald zeigen, wer von beiden dominiert. Seien Sie nett, bringen Sie dann eine zweite Schaukel an, aber sie muß genauso aussehen wie die erste; beide müssen auch richtig schaukeln können.
Bitte folgen Sie nicht den Vorschlägen von Magazinen für imponierende Wohneinrichtungen, die ja sogar raten, die Farbe des Vogels passend zu Tapete oder Vorhängen zu wählen. Lassen Sie sich beim Kauf eines Vogelheims vielmehr im Zoofachhandel beraten – dort bekommen Sie das, was Ihr Wellensittich wirklich braucht. Oder bauen Sie selber eine Bleibe für Ihren Vogel.

Der Wellensittich-Baum in der Wohnung

Eine wundervolle artgemäße Wohninsel können Sie auch ohne handwerkliche Begabung für Ihren Vogel durch einen »Baum« schaffen. Je nach vorhandenem Raum schenken Sie ihm eine hochgewachsene Topfpflanze, allerdings müssen Sie sich vergewissern, daß sie nicht giftig ist, denn der Wellensittich wird sie mit Feuereifer be- oder zernagen; deshalb sollte es auch kein kostbares Gewächs sein. Stellen Sie die Pflanze auf ein stabiles Podest. In den Topf werden dann senkrecht drei oder vier hohe, die Pflanzenkrone leicht überragende Längsstäbe aus Bambus oder Ästen gesteckt und diese durch mehrere Äste waagerecht und schräg-verlaufend verbunden. Ich benutze hierfür Bast. Auch wenn diese Bastverbindungen ständig zernagt werden, sie halten immer genauso lange, bis ohnehin neue Äste fällig sind. Können Sie mit dem vorhandenen Raum etwas großzügiger verfahren, so beschaffen Sie sich einen Bottich aus irgendeinem Material, das zu Ihrer Einrichtung paßt. Der Bottich kann nach Wunsch auch gestrichen werden, er wird mit Erde gefüllt, und in die Erde pflanzt man den Kletterbaum. Zusätzlich können Sie eine rasch wachsende Kletterpflanze einsetzen, die sich an den Bambusstäben hochrankt. So sieht das Ganze hübsch aus und wird zum idealen »Lebensbaum« für den Vogel oder die Vögel. (Der Bottich hat auch den Vorteil, daß er alle Exkremente auffängt. → Zeichnung S. 18).

Eine Zimmervoliere

Sind Sie reich an Wohnraum, dann können Sie mehreren Wellensittichpärchen in einer hellen, zugfreien Ecke eine Zimmervoliere errichten oder bauen lassen. Das gibt den Vögeln natürlich den großzügigsten Lebens-

Eine selbstgebaute Zimmervoliere, die mehreren Wellensittich-Pärchen ausreichend Platz bietet, ausgestattet mit Kletter- und Sitzbäumen, Beschäftigungs-Utensilien und Brutkästen.

raum in Ihrer unmittelbaren Nähe. Diese Zimmervoliere sollte dann so groß sein, daß man sie zum Saubermachen und zur Pflege der Vögel bequem betreten und darin hantieren kann. Damit die Vögel beim Betreten des Flugraums nicht entwischen, baut man zweckmäßigerweise eine Doppeltür in entsprechendem Abstand. Erst wenn die äußere Tür geschlossen ist, wird die innere Tür geöffnet.
Die Zimmervoliere muß nicht sehr tief sein – schon etwa 1 Meter bis 1,50 Meter genügen an Tiefe – dafür aber sollte sie länger sein, um den fluggewandten Wellensittichen wenigstens kurze Flugstrecken zu ermöglichen.
Sind aber erst einmal ein oder zwei Pärchen in einem so geeigneten Flugraum vereint, werden sie bestimmt bald in Brutstimmung kommen und möglicherweise auch in einem Behelfsnest mit der Brut beginnen. Kaum ein Wellensittich-Freund wird dem widerstehen können; er braucht nur die nötigen Brutkästen in die Voliere zu hängen und hat in wenigen Wochen nicht nur zwei Pärchen, sondern einen kleinen Schwarm. Der nächste Schritt ist zwangsläufig aus Platzgründen eine Freivoliere, und die ist der Beginn einer Liebhaber-Zucht. Hier muß ich auf die einschlägigen Bücher verweisen, in denen auch genaue fachliche Angaben über den Bau von Volieren zu finden sind (→ »Bücher, die weiterhelfen« Seite 72).

Futter- und Trinkgefäße

Futter- und Trinknäpfchen gehören zur normalen Ausstattung eines Wellensittichkäfigs und sollten auch für den vorgesehenen Zweck benützt werden. Möchten Sie aber Futter und Wasser in zusätzlichen Schälchen anbieten, so kaufen Sie beliebige, aber nicht zu kleine, die im Handel angeboten werden. Ich finde die halbovalen Näpfchen zum Einhängen in die Querstäbe in Höhe der Sitzstangen praktisch und vogelfreundlich. Letztlich gewöhnt sich aber jeder Wellensittich an »seine« Näpfchen oder an Futter- und Wasserspender und wäre bei einem Wechsel nur irritiert.

Diese Futternäpfchen aus Kunststoff gibt es in mehreren Farben. Sie eignen sich sowohl für Futter als auch für Wasser und lassen sich an beliebigen Stellen einhängen.

Praktische und nützliche Zusatzgeräte

Vieles von dem, was sonst noch für den Wellensittich angeboten wird, hat sich im Laufe meiner langen Erfahrung als unsinnig im Gebrauch erwiesen. Lassen Sie sich von einem Zoofachhändler beraten, was für Vogelheim oder Vogel wirklich praktisch ist. Zwei Dinge möchte ich aber besonders erwähnen, denn sie sind ebenso praktisch wie nützlich:

- Eine kleine Metall- oder Plastikraufe für Salatblätter oder Kräuter.
- Den Wasser- und den Futterspender.

Keines dieser Hilfsgeräte braucht eine ausführliche Erklärung, lediglich zum Wasserspender möchte ich sagen: Er ist praktisch, denn das Wasser darin kann nicht verschmutzen. Sowohl der Wasser- als auch der Futterspender erweisen sich vor allem dann als vorteilhaft, wenn der Vogel einmal für ein oder zwei Tage nicht frisch versorgt werden kann, vorausgesetzt, er ist es gewöhnt, dort zu trin-

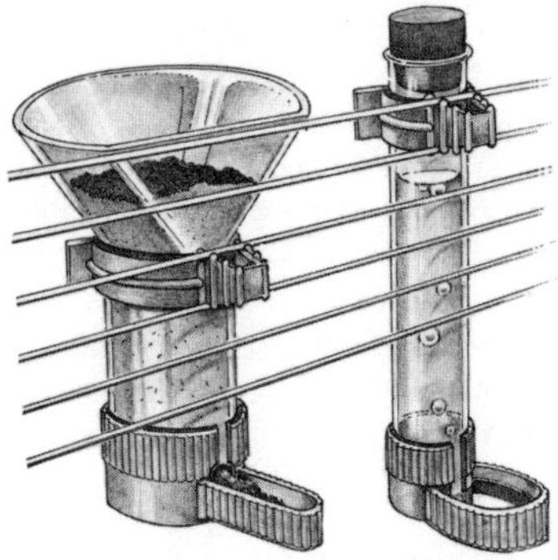

Futter- und Wasserspender werden von oben gefüllt und geben unten Futter oder Wasser in Kleinstportionen ab. Wichtig: Kontrollieren Sie täglich, ob der Nachschub störungsfrei funktioniert.

ken und sein Futter zu holen. Viele Vögel kommen schon beim ersten Gebrauch damit zurecht – dann ist alles gut. Manche Vögel jedoch schaffen das nicht, und es ist schon vorgekommen, daß Wellensittiche während der Abwesenheit ihrer Pfleger vor den gefüllten Spendern verhungert oder verdurstet sind. Sie sollten also auf jeden Fall die Wasser- und Futterspender so lange zusätzlich zu den gewohnten Näpfchen verwenden, bis der Vogel sich an ihren Gebrauch gewöhnt hat.

Das Badehäuschen

Wer da behauptet, Wellensittiche baden nicht, irrt. Sicher baden nicht alle Wellensittiche, aber viele mit großem Vergnügen. Probieren Sie es einfach aus. So ein Badehäuschen zum Einhängen in die offene Käfigtür kostet nicht viel. Vergewissern Sie sich aber beim Kauf, daß der Boden des Häuschens nicht glatt, sondern gerillt oder mit einem erhabenen Muster versehen ist, sonst kann der Vogel darin ausgleiten und ist für lange Zeit oder gar für immer nicht mehr zum Baden zu bewegen. Hat er zuerst Angst vor dem ungewohnten Anbau, dann streuen Sie Körner auf den Boden des Häuschens und lassen ihn so mit ihm vertraut werden. Danach erst füllen Sie ihm mehrmals hintereinander das Badehäuschen 3 cm hoch mit lauwarmem Wasser. Macht der Vogel auch nach wiederholten Versuchen keinen Gebrauch vom Wasser, dann berieseln Sie ihn vorsichtig mit lauwarmem Wasser aus der Blumenspritze. Manche Wellensittiche heben und strecken unter der Sprühdusche wohlig die Flügel und

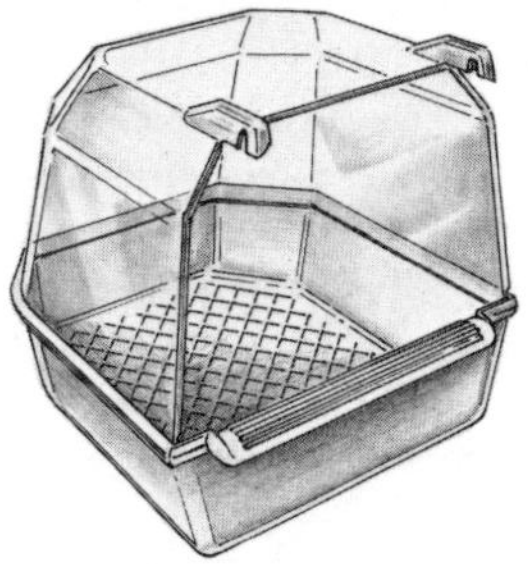

Das Badehäuschen wird in die Öffnung der Käfigtür gehängt. Wichtig ist ein gerillter Boden; auf glattem Boden gleitet der Vogel beim Baden aus.

genießen diese Art des Badens sehr. Andere wieder stürzen sich in Ihre Salatschüssel und möchten darin ein Taubad nehmen. Sollten Sie diese Neigung bei Ihrem Vogel entdecken, bereiten Sie ihm hin und wieder ein solches Bad. (Lassen Sie dann aber Essig und Öl weg, dafür aber möglichst viele Wassertropfen an den Blättern, die auch nicht unbedingt von teurem Kopfsalat stammen müssen, es können ebensogut Löwenzahnblätter sein oder zartes Baumlaub.) Zum Baden für Wellensittiche werden auch richtige kleine Plastik-Badewannen mit einem Spiegel am Boden angeboten. Diese Badewannen sind allenfalls gut für eine Puppenstube, bestimmt nicht für Wellensittiche. Wenn Ihr Vogel Freude am Baden hat, möchte er nämlich die Flügel etwas dabei spreizen und auch auf die Flügelunterseite Wasser bringen. Viele Wellensittiche baden und trinken am liebsten unter einem leicht tropfenden Wasserhahn. Wie die Vögel diese Möglichkeit entdecken, wenn sie nicht gerade in der Küche leben? Bestimmt waren sie schon beim ersten Tropfbad so zahm, daß sie ihrem Kumpan Mensch in Küche oder Bad folgten. Aber Sie brauchen nun nicht dem Vogel zuliebe mit einem tropfenden Wasserhahn zu leben; ein an diese Badeweise gewöhnter Wellensittich ist vertraut und geschickt genug, um Ihnen seinen Wunsch zu baden verständlich zu machen: Er trinkt zum Beispiel am tropfenden Wasserhahn und plustert sich erregt auf. Aber Vorsicht beim Tropfbad, das Wasser aus dem »kalten« Hahn kann anfangs heiß laufen! Immer erst die Fingerprobe machen!

Spielzeug zur Beschäftigung

Ein einzeln gehaltener Wellensittich sollte auf jeden Fall Spielzeug haben, aber auch ein Pärchen beschäftigt sich gerne damit. Das Weibchen reagiert vor und mit dem Spiegel zum Beispiel den Füttertrieb ab, den es ohne Junge nicht verwirklichen kann, weil im Zusammenleben eines erwachsenen Pärchens das Männchen sein Weibchen füttert, nicht umgekehrt. Eine kleine Glocke ist dagegen für das Männchen ein wunderbares Requisit, seinem Weibchen zu imponieren. Jedes Mal, wenn die beiden in Balzstimmung kommen, wird er ihr nicht nur durch die arteigene Körpersprache zeigen, was für ein vitaler Kerl er ist, sondern er wird auch ans Glöckchen schlagen oder an dessen Kette zerren und reißen. Ich bin – im Gegensatz zu einigen anderen Autoren – dafür, daß Wellensittiche Spielzeug bekommen, weil sie im Wohnzimmer des Menschen einfach nicht wirklich artgemäß leben können. Sie brauchen weder Kraft noch Zeit mit Nahrungssuche zu vergeuden, sie haben es nicht nötig, Rivalen beim Werben um ein Weibchen aus dem Feld zu drängen, sie müssen nicht auf der Hut sein vor Feinden und Gefahren, haben selten oder nie Vater- oder Mutterpflichten. Den Ausfall dieser artgemäßen Tätigkeiten können wir ausgleichen, indem wir dem domestizierten Wellensittich ermöglichen, seine ungenutzte Energie und Intelligenz in Spielen umzusetzen.
Kaufen Sie Ihrem Vogel also Spielzeug, das in Zoohandlungen angeboten wird. Hier ein paar Vorschläge für die Auswahl:

Spielzeug zur Beschäftigung: Glöckchen, Ball, Roller, Stehaufspiegel, Vogelattrappe. Der Wellensittich wählt daraus seinen Ersatz-Partner und sein Lieblingsspielzeug; beides ist oft identisch.

- *Der Artgenosse aus Kunststoff:* Junge Vögel sollte man nicht durch einen lebensgroßen Wellensittich aus Kunststoff erschrecken; es gibt sie auch in »Baby-Größe«; und die werden gern als Ersatzpartner traktiert.
- *Das Glöckchen:* Am beliebtesten sind metallglänzende Glöckchen, die laut bimmeln, wenn der Vogel mit dem Schnabel daranschlägt.

• *Ein Spiegel* zum Aufhängen oder als Stehaufmännchen.
• *Ringe,* in denen sie wie auf der Schaukel sitzen können.
• *Kleine Kugeln und Bällchen* aus Plastikteilen, die an das Netz der Grade eines Globus erinnern. Diese Bällchen können die Vögel mit dem Schnabel fassen und werfen.
Achten Sie bei gekauftem Spielzeug darauf, daß die Kettchen und Schnüre zum Befestigen nicht zu lang sind, der Vogel könnte sich damit erdrosseln. Sicherlich wird sich Ihr Wellensittich, sobald er zahm ist, auch kleine Gegenstände aus Ihrem Wohnbereich zum Spielen aussuchen. Lassen Sie das ruhig zu, sofern das Material dieser Dinge nicht giftig ist, wie beispielsweise Blei, und wenn keine Spitzen an den Gegenständen sind, an denen sich der Vogel verletzen könnte.

Ein Rufname für den Vogel

Geben Sie Ihrem Wellensittich frühzeitig einen Namen. Es ist zweckmäßig, ihn vom ersten Tag an damit zu rufen, denn er soll lernen, daß dieses vertraute Wort mit ihm zu tun hat. Wenn Sie noch zwischen Männchen und Weibchen schwanken, denken Sie sich eben zwei Namen aus oder einen, der auf beide Geschlechter paßt. Es sollte ein kurzer Name sein. Hat der Vogel Sprechtalent (→ Seite 32), wird er ihn bald nachsagen. Nach Experten-Meinung gelingt es Wellensittichen am leichtesten, Wörter nachzusprechen, in denen ein A, ein I oder ein U vorkommt. Wörter mit E und O liegen ihnen offensichtlich weniger. Obgleich auch dies nicht verallgemeinert werden kann – ich kannte ein Peterle, ein Jockerle, einen Moritz – alle konnten ihre Namen sagen.

Verantwortung für ein Vogelleben

Ein Wellensittich ist aus vielen Gründen kein geeignetes Weihnachts- oder Geburtstagsgeschenk. Außerdem: Wenn es draußen richtig kalt oder gar naßkalt ist, sollten Sie keinen jungen Vogel transportieren, der bisher nur an mollige Nest- und Ladenwärme gewöhnt war. Weihnachtsgeschenke wollen außerdem heimlich ins Haus gebracht und bis zum Christbaum-Zauber versteckt werden. Wie ginge das bei einem verängstigten Lebewesen, bei dem gerade die ersten Stunden und Tage des Eingewöhnens so wichtig sind?
Ein Wellensittich als Überraschungsgeschenk kann auch leicht zu einer bösen Überraschung werden. Dem Beschenkten wäre es möglicherweise lieber gewesen, wenn er selbst hätte entscheiden können, ob er 15 Jahre Verantwortung für einen Vogel übernehmen möchte.
Ein Wellensittich ist erst recht kein Überraschungsgeschenk für Kinder. Kinder möchten mit ihren Geschenken spielen, was man mit einem noch scheuen Wellensittich nicht kann. Kinder möchten ein Tier streicheln, in den Arm nehmen. Das geht aber nur mit einem robusten Tier, das sich kräftig gegen ein Zuviel an Zärtlichkeit wehren kann. Kinder sollten auch nur dann ein Tier zu eigen haben, wenn die Eltern bereit sind, Pflege und Zuwendung dann zu übernehmen, wenn das Interesse des Kindes erlischt oder auch nur zeitweise erlahmt. Ich kenne einige berühmte Ausnahmen, in denen der Wellensittich von 10- bis 14jährigen Kindern anhaltend geliebt und betreut wird. Viel öfter aber wurde ich mit der Regel bekannt: Das Tier starb unbeachtet und schlecht versorgt in einer Ecke langsam vor sich hin.

Kauf und Eingewöhnung

Es gibt nur drei Möglichkeiten, in den Besitz eines jungen und gesunden Wellensittichs zu kommen.

- Sie kaufen den Vogel in einer Tierhandlung,
- Sie kaufen den Vogel direkt beim Züchter,
- Sie bekommen einen geschenkt, weil ein Wellensittichpärchen von Bekannten Nachwuchs bekommen hat.

Bestellen Sie Ihr Tier in einem Versandhaus oder einer Versandhandlung, dann müssen Sie nehmen, was Ihnen geschickt wird, können also nicht aussuchen. Der Vogel kommt nach dem Transport geschockt bei Ihnen an, eventuelle Krankheiten stellen sich dann erst später heraus. Und ein krankes oder durch den Transport verstörtes Tier können Sie nicht einfach zurückschicken. Ich bin entschieden gegen diese Art von Tierkauf!
Haben Sie in der Nähe Ihres Wohnortes keinen Züchter und keine Tierhandlung, so versuchen Sie es in der nächsten größeren Stadt oder geben Sie eine Kleinanzeige unter der Rubrik »Tiermarkt« auf.

Worauf Sie in der Zoohandlung achten müssen

Sehen Sie sich in der Tierhandlung, für die Sie sich entschieden haben, gut um. In einem gut geführten Zoofachgeschäft werden die Vögel in genügend großen Käfigen gehalten und nicht in quälender Enge. Sie haben frisches Körnerfutter, etwas Grünes und Wasser. Die Käfige sind sauber und mit Sand ausgestreut. Die Tiere bekommen genügend Licht und genügend Luft. Wenn Sie aber Mängel feststellen, dann haben Sie den Mut, die Tierhandlung wieder zu verlassen. Das Risiko, einen kranken Vogel zu erwerben, ist einfach zu groß. Beim Züchter können Sie in der Regel davon ausgehen, daß dort die Vögel gut gehalten werden, der Erfolg seiner Zucht wäre anderenfalls in Frage gestellt. Weder ein guter Zoofachhändler noch ein guter Züchter werden versuchen, Ihnen einen alten Vogel statt eines jungen zu verkaufen oder gar wissentlich einen kranken.

Wie man gesunde von kranken Vögeln unterscheidet

Hier einige Punkte, auf die Sie achten sollten:

- Bewegt sich der Vogel Ihrer Wahl im Käfig umher, frißt er, beschäftigt er sich mit seinen Artgenossen, mit einem Gegenstand? Wenn er still und aufgeplustert in einer Ecke sitzt, so muß er nicht, aber er kann krank sein. Wellensittiche schlafen auch tagsüber manchmal. Ein stilles Tier beobachten Sie am besten etwas länger, um es auch in Aktivität zu erleben.
- Schauen Sie nicht nur auf die Farbe des Vogels, achten Sie auch auf die Beschaffenheit des Gefieders. Bei einem jungen und gesunden Wellensittich ist es glatt anliegend und glänzend. Die Federn um die Kloake dürfen nicht verschmutzt sein, sind sie es, deutet dies auf Durchfall und ist somit Zeichen einer Unpäßlichkeit oder gar Krankheit.
- Die Augen sollen beim jungen Wellensittich groß und glänzend sein, kugelrund und schwarz (wenn es nicht gerade ein Albino mit roten Augen ist).
- Achten Sie auf saubere, gerade Beine und fehlerlose Zehen mit nicht zu langen Krallen: Die Hornschuppen auf den Füßen müssen glatt anliegen.
- Den nestjungen – also etwa 5 bis 6 Wochen alten – Wellensittich erkennen Sie an den auffälligen »Knopfaugen« und der Wellenzeichnung, die das ganze Köpfchen bis zur

Nasenhaut hin bedeckt. Die Kehltupfen sind noch klein oder kaum ausgebildet. Der Schnabel ist dunkler als bei erwachsenen Wellensittichen und oft etwas scheckig.

- Ob Ihnen der Verkäufer Ihrem Wunsch entsprechend wirklich entweder das Weibchen oder das Männchen herausgreift, ist weitgehend Vertrauenssache. Die Unterschiede von jungen Weibchen und Männchen im Aussehen sind fast nur von Kennern einwandfrei festzustellen. Eine kleine Hilfe: Ein Weibchen hat angedeutete, haarfeine helle bis weißliche Ringe um die Nasenlöcher. Die Wachshaut bei nestjungen Wellensittichen beiderlei Geschlechts ist noch hellrosa oder hellbeige.
- Steht Ihre Wahl fest, so wird Ihr Vogel vorsichtig, aber mit sicherem Griff aus dem Käfig geholt. Solange der Verkäufer ihn in der Hand hat, prüfen Sie noch einmal die Afterfedern. Bitten Sie den Verkäufer auch, gegen diese Partie zu blasen, so können Sie sehen, ob die Haut um die Kloake nicht gerötet ist, was auf eine Erkrankung schließen ließe. Und streichen Sie so über das Brustbein, daß Sie feststellen können, ob es nach außen gerundet ist. Ein eingefallenes Brustbein wäre wieder ein Hinweis auf Krankheit.

Die Sache mit dem Ring

Ehe der Vogel in die Transportschachtel rutscht, erhält er noch einen Fußring. Dieser Ring ist gesetzlich vorgeschrieben, eine Garantie dafür, daß der Vogel aus einer angemeldeten und zugelassenen Zucht stammt, die unter behördlicher Aufsicht steht. Was bedeutet, daß er sicher nicht Überträger der früher so gefürchteten Papageienkrankheit ist. Diese Viruskrankheit tritt heute bei freilebenden Vögeln – vor allem Tauben – öfter auf als bei gezüchteten Heimvögeln (→ auch »Krankheiten« Seite 41). Der Ring trägt die eingetragene Nummer des Vogels und entweder die Buchstaben DWV (= Deutscher Wellensittichzüchter-Verein) oder die Buchstaben DSV (= Deutscher Standard-Wellensittichzüchter-Verein). Bitten Sie den Verkäufer, Ihnen den Ring lieber so mitzugeben. Das kann auf ein Nein stoßen, weil es eigentlich verboten ist. Aber probieren sollten Sie es; denn nachgewiesenermaßen verletzen sich Wellensittiche am häufigsten am beringten Bein; der Vogel kann mit dem Ring leicht irgendwo hängenbleiben und sich womöglich nicht selbst befreien. Außerdem kann sich das beringte Bein leicht entzünden, anschwellen und durch den dann zu strammen Ring absterben. Bekommen Sie den Ring gesondert mit, müssen Sie ihn als wichtiges Dokument sorgfältig aufbewahren. Wird der Vogel beringt, dann warten Sie, bis er zahm ist, und lassen den Ring gelegentlich vom Tierarzt entfernen.

Wenn Ihr Wellensittich zahm geworden ist, sollten Sie den Fußring entfernen lassen. Er bleibt für den Vogel ein Fremdkörper, außerdem kann er sich daran verletzen.

So stimmt das Männchen (blau) sein Weibchen freundlich. L. o.: Annäherungsversuch, r. o.: Weibchen reagiert aggressiv, l. u.: Beschwichtigung durch Füttern mit aufgewürgter Nahrung, r. u.: jetzt läßt sich das Weibchen füttern. ▷

Der Heimtransport

Wenn Sie sich für den Heimweg mit dem Vogel einen richtigen kleinen Transportkäfig leihen können, ersparen Sie dem Tier Schrekken und Atemnot, die ihn sicher in der winzigen Pappschachtel überfallen. Der Transportkäfig läßt mehr Luft und gibt mehr Bewegungsfreiheit, bietet aber auch die geschützten dunklen Ecken, in die ein so junger Vogel bei Angst gerne schlüpft. Stecken Sie Ihren neuen Hausgenossen nicht in einen zu engen Pappkarton, den Sie dann auch noch in einen Plastikbeutel versenken. Wenn ein Vogel dabei auch vielleicht nicht erstickt oder zerdrückt wird, ein Panikerlebnis ist es bestimmt für ihn. Versuchen Sie vor allem, den Transportweg so kurz wie möglich zu halten.
Wenn Sie keinen Transportkäfig leihen können, dann nehmen Sie zum Kauf des Vogels am besten eine von Ihnen vorbereitete kräftige Pappschachtel von etwa 20 × 40 × 20 cm mit. Stechen Sie viele kleine Luftlöcher in die Oberseite und schaffen Sie an einer Schmalseite eine Klappe, die sich sicher schließen, aber auch leicht öffnen läßt. Die Deckelkanten des Kartons werden rundherum verklebt, nur eine Seitenklappe bleibt offen. Wenn Sie den Wellensittich dann in der kleinen Pappschachtel bekommen, öffnen Sie noch im Geschäft deren Verschluß vorsichtig und so, daß der Vogel nicht heraus kann. Dies verhindern Sie am besten durch Umfassen mit der Hand. Stellen Sie dann die kleine Pappschachtel rasch in die große. Schließen Sie die Seitenklappe und sichern Sie sie zusätzlich durch eine Schnur. Der Vogel bekommt jetzt genügend Luft und könnte bei großer Angst aus der kleinen Schachtel in die größere schlüpfen. In diesem luftdurchlässigen Karton ist der Vogel für den Transport in Straßenbahn, U-Bahn oder Bus am besten vor Druck und Stoß geschützt und fühlt sich auf diese Weise einigermaßen sicher.

Grundregel für die Eingewöhnung

In den ersten Wochen sollten Sie besonders behutsam mit dem jungen Wellensittich umgehen und alles vermeiden, was ihn erschreckt:
- Krach, dauernde Unruhe in seiner Nähe, vor allem Türenknallen.
- Erschütterung des Käfigs.
- Hastige Bewegungen in seiner Nähe.
- Nach dem Vogel greifen.
- Grelles Licht am Abend (den Käfig sollte nur gedämpftes Licht treffen).
- Direkte Fernseh-Bestrahlung und laute Fernseh-Töne.
- Grelle und dunkle Farben der Kleidung, furchterregende Hüte, Lockenwickler.
- Störung der Nachtruhe.

Lassen Sie den Vogel auf jeden Fall auch nachts an seinem gewohnten Platz, bringen Sie den Käfig nicht in ein anderes Zimmer. Ist das »Vogelzimmer« gleichzeitig Schlafraum, so werden dem Wellensittich alle dabei entstehenden Geräusche bald vertraut sein. Schläft aber nur ausnahmsweise jemand im gleichen Zimmer wie der Vogel, kann es nachts durch Erschrecken über ungewohnte Geräusche zu wildem Flattern kommen. In diesem Fall lieber ein 15-Watt-Birnchen brennen lassen; der Vogel kann sich so beim schwachen Lichtschein orientieren und wird nicht in Panik ausbrechen; und den Schlafenden stört das Licht kaum. Wird das Zimmer aber fast allnächtlich noch lange bewohnt, ist

◁ Mit einem feinmaschigen Gitter wird der Balkon zum Freiflugraum. Für Manky ist das Gitter auch eine willkommene Möglichkeit, die angeborenen Kletterkünste zu üben.

also lange erleuchtet, dann decken Sie den Käfig mit einem Tuch ab. Allerdings müssen Sie dann morgens beizeiten das Tuch entfernen. Schläft der Vogel aber in seiner gewohnten Umgebung, so kann es dennoch vorkommen, daß er während der Nacht durch außergewöhnlichen Lärm wie lautes Motoren- oder Flugzeuggeräusch in panischen Schrecken gerät und bei dem vergeblichen Versuch zu fliehen, wild im Käfig umhertobt, wobei er sich verletzen könnte. In einem solchen Fall sollte jemand nach dem Vogel sehen, kurz Licht machen und ihn beruhigen.

Die ersten Stunden und Tage daheim

Zu Hause angekommen, bringen Sie den Vogel im Käfig an den ausgewählten Platz. Oder Sie öffnen dicht vor dem offenen Käfigtürchen den Karton und lassen den Vogel vorsichtig in sein Häuschen schlüpfen, schlimmstenfalls auch rutschen. Der kleine Kerl wird sich wahrscheinlich in die nächste Bodenecke hineindrücken. Lassen Sie ihn dann ungestört dort hocken, auch wenn er zunächst nichts von dem eigens für die erste Zeit auf den Käfigboden gestreuten Körnern aufnimmt. Er verhungert nicht. Wichtig ist jetzt nur, daß es keinen extra starken Lärm gibt und niemand dem Vogel zu nahe kommt. Nach einigen Stunden muß sich der Wellensittich die Beinchen vertreten. Er wird sich vorsichtig etwas umwenden, vielleicht auch schon die ersten Körnchen zu sich nehmen, vielleicht trinken oder sich schon zaghaft putzen. Geschieht während dieser Zeit nichts Erschreckendes für den Vogel, wird er schon bald auf eine Sitzstange klettern und seine neue Umgebung scheu mustern. Auch wenn es bis zu 24 Stunden dauert, ehe er soweit ist – werden Sie nicht ungeduldig!

Hat der Wellensittich auf der Sitzstange zum ersten Mal ein sicheres Gefühl, wird er sein Gefieder schütteln. Dieses Schütteln des Gefieders können Sie von nun an immer dann beobachten, wenn sich eine innere Spannung im Vogel löst; beispielsweise nach einem Schrecken oder nach einer großen Anstrengung. Es heißt soviel wie »Das wäre geschafft«. Nähern Sie sich dem Vogel oft bis auf etwa einen Meter und sprechen Sie beruhigend zu ihm. Am besten immer dasselbe, sein Name sollte dabei immer vorkommen. Bewegen Sie sich in dieser Anfangszeit im Zimmer ohne Hast. Je früher Sie am Morgen Ihren Wellensittich versorgen, desto freudiger wird er Sie schon bald zur gewohnten Stunde erwarten. Morgens ist er nämlich besonders lebendig und muß nach der Nachtruhe ausgiebig essen. Richten Sie es so ein, daß er noch vom Vortag Nahrung vorfindet, wenn er morgens hungrig ist, Sie aber noch schlafen.
Zum Erneuern von Futter und Wasser müssen Sie mit der Hand in sein Häuschen greifen. Bewegen Sie sich dabei möglichst behutsam und reden Sie stets beruhigend mit dem Vogel. Am ersten Tag werden nur die Näpfchen herausgenommen, ausgeleert, mit klarem, sehr heißem Wasser ausgewaschen und neu gefüllt. Die Kolbenhirse, die bereits vor seiner Ankunft mit einer Wäscheklammer im Käfig befestigt wurde, wird wahrscheinlich noch kaum abgenagt sein.
Hat sich der Wellensittich erst ein wenig eingelebt, wird er sich wahrscheinlich morgens nach dem Erneuern seiner Körner gierig auf die frisch gefüllten Näpfchen stürzen und sich so gebärden, als hätte er keine Minute länger auf Nahrung warten können. Beginnen Sie schon in den ersten Tagen, ihm auch etwas Petersilie, anderes Grünzeug, eine Apfelspalte oder eine Möhrenscheibe zwischen den

Gitterstäben seines Häuschens anzubieten. Wird er nicht in den ersten Wochen an diese für seine Gesundheit so wichtige Zusatznahrung gewöhnt, mag er später nur widerstrebend davon probieren.

Die ersten beiden Wochen

Ist der Wellensittich nicht mehr scheu und schreckhaft, dann dürfen Sie versuchen, den Handkontakt zu ihm herzustellen. Die erste Kolbenhirse ist inzwischen bestimmt geleert und wird nun entfernt. Jetzt nehmen Sie frische Kolbenhirse und reichen sie dem Vogel auf Ihrer Hand in den Käfig. Flattert er, so war der Versuch verfrüht und soll erst in zwei bis drei Tagen wiederholt werden. Wahrscheinlich wird er dann von seinem Sitzplatz aus begehrlich auf die Hirse äugen, sich aber vor der Hand scheuen. Bleiben Sie ganz ruhig und reden Sie mit dem Vogel. Er wird versuchen, mit langem Hals aus größtmöglicher Entfernung ein wenig von dem Leckerbissen zu erlangen. Bleiben Sie passiv und überlassen Sie jegliche Initiative dem Wellensittich. Wenn Sie das Spiel täglich zur gleichen Zeit in gleichem Ablauf wiederholen, kommt bald der Augenblick, in dem der Wellensittich es wagt, mit einem Fuß die Kolbenhirse zu berühren. Nach weiteren Tagen ist dann die Hand so vertraut wie die Kolbenhirse selbst, und der Wellensittich wird sie als Sitzplatz benützen wie seine Äste oder Stangen.
Hüten Sie sich aber davor, den zaghaft wachsenden Kontakt zu zerstören, indem Sie nach dem Vogel greifen. Dabei steht ein Wellensittich, dessen natürliche Feinde Greifvögel sind, Todesängste aus. Nur ganz junge Nestlinge lassen sich greifen, weil dunkles Umschlossensein der Bruthöhle ähnelt. Sie sollten den Vogel auch später nur in Ausnahmefällen, in Notsituationen greifen.
Nach den ersten geglückten Handkontakten ist es Zeit, dem Wellensittich auch das schon oft gezeigte Spielzeug in sein Häuschen zu hängen oder auf den Boden zu legen. Selbst wenn er es noch einige Tage lang mit schiefem Köpfchen beäugt, wird er sich bald damit beschäftigen.

Das Bällchen ist vieler Wellensittiche liebstes Spielzeug. Häufig dient es auch als Ersatzpartner und wird gefüttert und begattet.

Die dritte Woche

Zeigt der Wellensittich keine Scheu mehr vor Ihrer Hand, dürfen Sie ihm den ersten Flug im Zimmer erlauben. Aber zuvor Türen und Fenster schließen!
Wichtige Überlegung, *bevor* Sie ihn aus dem Käfig lassen: Sind Stores vor dem Fenster? Der Vogel erkennt die Fensterscheibe nicht als solche; er wird sie für eine Öffnung ins Freie halten, dagegenfliegen und sich dabei möglicherweise das Genick brechen. Gibt es keine Stores, lassen Sie vor dem Öffnen des Bauers die Rollos soweit herunter, daß nur ein Viertel des Fensters unbedeckt bleibt (eventuell elektrisches Licht als zusätzliche Beleuchtung einschalten). Jeden Tag wird das

Fenster dann vor der Flugstunde etwas weniger bedeckt, bis diese Maßnahme ganz entfallen kann, weil der Wellensittich dann das Fenster als Raumbegrenzung kennengelernt hat. Haben Sie alle nötigen Vorsichtsmaßnahmen getroffen, dann machen Sie das Käfigtürchen auf und überlassen es dem Wellensittich, was er danach anzufangen wünscht. Vielleicht huscht er sofort heraus? Wahrscheinlich bestaunt er aber zunächst reglos das so veränderte Viereck in seinem Häuschen. Später wagt er den neuen Ausblick aus der Öffnung des Türchens, in die er sich setzt. Vielleicht klettert er anschließend auf das Häuschen, um dort ein wenig zu sitzen. Wie immer es auch abläuft, einmal überwiegt der Drang zum Fliegen die Scheu, und Ihr Wellensittich fliegt das erste Mal durchs Zimmer.
Gelingt es ihm, wieder auf dem Käfig zu landen? Manchmal sofort, oft aber läßt er sich irgendwo nieder, denn er muß sich etwas erholen von der Anstrengung, und sitzt dann ängstlich an dem noch unbekannten Platz. Lassen Sie ihm jetzt Zeit. Wagt er den Rückflug nicht alleine, halten Sie ihm nach etwa 10 Minuten seinen offenen Käfig so hin, daß er mühelos hinein kann. Können Sie seinen Platz nicht erreichen, lassen Sie ihn sitzen – notfalls auch über Nacht – bis er von selbst zurückfliegt.
Wenn Sie nämlich jetzt mit Besen, Tüchern oder sonstigen mörderischen Utensilien arbeiten, um das Tier von seinem Platz zu scheuchen, dann ist Ihrem Wellensittich unauslöschlich eingeprägt, daß der Mensch sein schlimmster Feind ist.
Von nun an sollten Sie das Türchen täglich etwa zur gleichen Stunde öffnen. Der Wellensittich wird dem Drang zum Fliegen nicht widerstehen können und mit der Zeit auch immer leichter allein zum Bauer zurückfinden. Ist das alles einige Male reibungslos abgelaufen, dann lassen Sie den Vogel nur mehr über Ihre Hand aus dem Käfig. Strecken Sie ihm jedesmal, wenn er heraus darf, einen Finger oder den Handrücken hin und heben Sie ihn selbst aus dem Käfig. Sinn der Sache: Er gewöhnt sich so noch besser an Ihre Hand und lernt sie als hilfreich kennen.
Sind Sie Ihrem Wellensittich einmal vertraut geworden, dann kommt der Moment, wo er zum ersten Mal auf Ihre Schulter fliegt. Gehen Sie dann im Zimmer mit ihm auf und ab, reden Sie mit ihm und pfeifen oder singen Sie ihm etwas vor. Er wird immer länger auf Ihrer Schulter sitzen, denn sie ist der Platz, an dem er sich zunehmend wohl fühlen wird.

Die Schulter ist für den Wellensittich ein guter Platz, um mit seinem Pfleger zu »plaudern«.

Nach der vierten Woche

Wenn Sie alles richtig gemacht haben, ist Ihr Wellensittich nunmehr zahm. Sie können jetzt mit ihm richtig spielen. Ein Bällchen, ein kleines Auto, eine kleine Kugel, ein Glöckchen

werden den Wellensittich interessieren. Allem, was sich auf dem Tisch bewegt, wird er gerne nachlaufen, alles, was rollt, wird er mit dem Schnabel schubsen, am liebsten herunter vom Tisch, um zuzusehen, wie es fällt.
Schon bald werden diese »Spiel«-Stunden zu Ihrem festen Tagesplan gehören, weil alle dabei so vergnügt sind.
Allmählich sollten Sie auch gut hinhören, wenn Ihr Wellensittich vor sich hin schwätzt. Vielleicht erkennen Sie bereits einige Wörter, die Sie ihm oft vorgesprochen haben? Wiederholen Sie diese dann immer wieder und möglichst deutlich. Am besten macht das die mit ihm vertrauteste Person. Denken Sie auch daran, daß Ihr Wellensittich dann alles am besten aufnimmt, wenn sonst wenig Treiben im Zimmer herrscht und wenn er selbst nicht mit irgendeinem Gegenstand beschäftigt ist. Ist es still und war der Vogel nicht gerade selbst aktiv, wird er gerne auf dem Finger dicht vor Ihrem Gesicht sitzen und aufmerksam zuhören.
Probieren Sie auch, ihn bei diesem Tête-à-Tête vorsichtig zu kraulen. Einzeln gehaltene Wellensittiche vermissen natürlich die Gefiederpflege, die sie im Zusammenleben mit ihresgleichen sich gegenseitig leisten. Streichen Sie mit der Nasenspitze oder mit dem kleinen Finger sachte gegen den Strich über das Kopfgefieder. Empfindet der Vogel dies als angenehm, wird er Ihnen bald jene Partien um den Kopf herum hinhalten, die er gerade gekrault haben möchte.
Diese kleine »praktische Zärtlichkeit« wird das Vertrauen zwischen Vogel und Pfleger vertiefen. Dieses traute Beisammensein liebt der Wellensittich ebenso wie Ihre Stimme und die bekannten Wörter. Auch wenn er sie eines Tages mühelos nachspricht, wird er auf diese »Sprech«-Stunden nicht verzichten wollen. Hat er die Möglichkeit, kommt er mehrmals am Tag zu Ihnen, nimmt auf Ihrem Finger Platz, zieht ein Beinchen ins Gefieder und schaut Sie erwartungsvoll an. Dabei haben Sie natürlich Gelegenheit, ihm immer wieder ein neues Wort, einen kleinen Satz vorzusprechen. In England soll es üblich sein, dem Wellensittich die Telefon-Nummer einzulernen. Fliegt ein Ausreißer jemandem zu, dann besteht die Möglichkeit, daß der Finder durch den Vogel die Telefon-Nummer des Besitzers erfährt und diesen verständigt.
Wellensittiche lernen aber nicht nur das Sprechen, was man ihnen während der »Spiel«- und »Sprech«-Stunden vorsagt, sie sprechen auch Wörter nach, die sie oft genug hören, beispielsweise Abschieds- oder Begrüßungsphrasen, Schimpfwörter oder das »Hallo« am Telefon. Haben Sie einen sehr sprechbegabten Vogel, dann können Sie seinen Wortschatz vergrößern, indem Sie möglichst oft mit ihm sprechen. Die Dämmerstunde ist dafür besonders gut, denn da herrscht meistens Ruhe, und der Wellensittich schenkt seiner Umgebung nicht mehr so viel Aufmerksamkeit wie am hellen Tag. Seien Sie dessen aber gewiß: Ihr Wellensittich wird alles das am liebsten nachsprechen oder nachahmen, was ihm großen Eindruck macht, was sich oft wiederholt und vor allem, was mit einer besonderen Zuwendung von Ihnen verbunden ist.
Das Ammenmärchen, man müsse einem Vogel erst gewaltsam die Zunge lösen, ehe er sprechen lerne, ist Dummheit und – würde man es tun – Tierquälerei. Die Sprechperlen, die als besondere Zusatznahrung angeboten werden, mögen zwar ein Leckerbissen für den Wellensittich sein, seine Sprechfreude wird aber nicht durch solche Körner, sondern einzig durch menschliche Zuwendung angeregt und entwickelt.

Gute Pflege, richtige Ernährung

Ein Wellensittich ist leicht zu pflegen, aber die wenige Pflege, die er braucht, muß regelmäßig und gründlich erfolgen.

- Täglich werden die Näpfchen für Trinkwasser und Körner mit kochend heißem Wasser ausgespült, gut abgetrocknet und neu gefüllt.
- Mit einem eigens dafür bestimmten Löffel entfernt man aus dem Sand den Kot und die Hülsen der Körner. Verschmutzte Äste und Sitzstangen werden entweder herausgenommen und ebenfalls unter kochendheißem Wasser gebürstet, oder man bürstet nicht bewegliche Äste mehrmals mit frischem warmem Wasser im Käfig ab. (Alte Zahnbürsten eignen sich vorzüglich dazu.)
- Zweimal in der Woche wird der Sand völlig erneuert (sind zwei Vögel ständig im Käfig, muß man den Sand entsprechend öfter wechseln).
- Einmal wöchentlich werden Sandschuber und Sandschale vom oberen Käfigteil getrennt und heiß ausgewaschen.
- Einmal im Monat wird der völlig geleerte Käfig in die Badewanne oder in einen Waschzuber gestellt und von allen Seiten gründlich unter fließendem heißem Wasser gebürstet und anschließend abgebraust. Sitzstangen oder Äste und deren Befestigungen werden mit Milbenspray besprüht.
- Hat der Vogel im Badehäuschen gebadet, wird es heiß ausgespült, abgetrocknet und für das nächste Bad aufbewahrt.
- Auch das Spielzeug des Wellensittichs im Bauer und außerhalb des Bauers wird einmal wöchentlich heiß abgewaschen, wenn nötig, auch öfter.

Achtung: Heißes Wasser ist das beste Mittel zum Saubermachen des Käfigs und aller Gegenstände, die der Vogel benützt. Spül- oder Putzmittel sind für den Wellensittich schädlich und unter Umständen sogar tödlich.

Ist Ihr Wellensittich freiheitsliebend, wird er durch den Spalt in der Sandschale aus seinem Käfig schlüpfen, während Sie den Schuber gerade saubermachen. Sind Türen und Fenster geschlossen, ist diese »Flucht« nicht gefährlich. Dennoch – Sie sollten den Käfig so gegen die Wand oder einen Gegenstand rükken, daß der Spalt verstellt ist.
Der Sand zum Ausstreuen des Käfigbodens dient nicht nur der Hygiene, sondern ist auch wichtig für die Gesundheit des Vogels. Vom Sand nimmt er täglich etwas auf als Verdauungshilfe. Zudem ist der Sand mit Kalk- und Mineralstoffen angereichert. Wird der Käfigboden statt mit Sand mit einer Art Sandpapier ausgelegt, im Handel als Vogelsand-Teppich, so kann der Wellensittich von dessen Oberfläche zwar ein paar Sandkörnchen abknabbern, kaum aber jene Wertstoffe aufnehmen, die auf den Sandpackungen als wichtig ausgewiesen sind. Wenn Sie dieses Sandpapier verwenden, weil es keinen Staub verursacht, dann bieten Sie dem Vogel zusätzlich etwas Vogelsand an; achten Sie auch darauf, daß er das Sandpapier nicht zerlegt und Stücke davon verschluckt!

Die Grundnahrung

Halbreife Sämereien, die wichtigste Nahrung für Wellensittiche, finden die Vögel auch in ihrer australischen Heimat nur zeitweilig. Während der übrigen Wochen oder Monate überleben sie mit Hilfe von ausgereiften, trockenen Samenkörnern von verschiedenen Gräsern. Der europäische Wellensittich bekommt am besten Körner von einigen Hirsesorten, Glanz-, auch Spitzsaat genannt, Haferkörner und Kolbenhirse. Alle diese Körner bieten ihm mehr oder weniger reichlich Kohlenhydrate, Eiweiß und Fett sowie Vitamine und Mineralstoffe. Die Höhe der Anteile an Vitaminen und Mineralstoffen dieser Körner hängt vom Zeitpunkt der Ernte ab, von den Lagerbedingungen sowie von der Zeitdauer des Lagerns. Man kann generell sagen, daß richtig gelagerte Körner ihren Gehalt an Wertstoffen mit abnehmender Tendenz bis zu einem Jahr nach der Ernte bewahren, genießbar bleiben sie etwa zwei Jahre.

In Samen- oder Zoohandlungen können Sie die für Wellensittiche richtige Körnermischung lose kaufen oder auch in verschlossenen Packungen von Herstellerfirmen für Tiernahrung (letztere gibt es auch im Lebensmittelhandel). Bei offenen Mischungen ist die Qualität Vertrauenssache. Bei verschlossenen Paketen achten Sie auf das Abpackdatum, das am Packungsboden oder an anderer Stelle eingestanzt ist. Wer seinem Wellensittich mit der Körnermischung auch ein notwendiges Minimum an Vitaminen sichern will, kauft am besten Packungen, die nicht älter als ein Jahr sind. Im Zoofachhandel bekommen Sie bestimmt die richtige Körnermischung für Ihren Vogel. Es handelt sich dabei um eine ausgewogene Zusammenstellung, die alle notwendigen Wertstoffe enthält und außerdem mit Jodkörnchen angereichert ist. Diese Jodkörnchen haben sich zur Gesunderhaltung des Wellensittichs in Europa als notwendig erwiesen.

Sie beugen der gefürchteten Schilddrüsenerkrankung vor. Außerdem sind die Packungen mit dem Abpackdatum versehen.

Bedenken Sie bei der Wahl der Körnermischung die folgenden beiden Dinge:

- Welche Körnermischung Sie auch bevorzugen, machen Sie die Keimprobe. Keimfähige Körner enthalten mit großer Wahrscheinlichkeit weitaus mehr Wertstoffe als bereits keimunfähige.
- Jede Körnermischung ist ohnehin Grundnahrung. Zusätzlich braucht Ihr Wellensittich angekeimte Körner, Grünzeug, Obst und Äste.

Gekeimte Körner

Sobald keimfähige Körner Wasser aufnehmen, beginnen in den Körnern chemische Reaktionen, die das Keimen veranlassen. Dabei werden vorhandene Vitamine, Mineralstoffe und Spurenelemente aufgeschlossen, wodurch bereits gequollene Körner, mehr noch gekeimte an Wert gewinnen. Weichen Sie von den normalen Körnern je einen halben Eierlöffel in wenig Wasser ein. Das Wasser soll die Körner etwa 2 cm hoch bedecken. So bleiben die Körner 24 Stunden stehen, werden dann in einem kleinen Sieb gut abgebraust und in ein flaches Schälchen gegeben. Mit Küchencellophan oder Glas zugedeckt, bleiben die Körner dann weitere 24 bis 48 Stunden stehen. Nach 24 Stunden kann man sie als Quellfutter, nach 48 Stunden als Keimfutter reichen. Wichtig: Gequollene und gekeimte Körner verderben rasch. Geben Sie diese Wertnahrung morgens in einem Extraschälchen, entfernen Sie aber gegen Mittag, was der Vogel nicht verzehrt hat. Diese Vorsichtsmaßnahme verhindert, daß er bereits in Fäulnis übergehende Körner aufnimmt und dadurch erkrankt. Mit der Zeit werden Sie das richtige Quantum genau kennenlernen.

Obst und Grünzeug

Eine kleine Portion frischer grüner Blätter sollte Ihr Wellensittich täglich bekommen. Folgendes Grünzeug dürfen Sie ihm geben,

aber stets gründlich mit viel lauwarmem Wasser abgespült, gut abgetropft, niemals welk und zulange gelagert:
Petersilie, grüne Blattsalate, Spinatblätter, Möhrenkraut, Selleriekraut, Löwenzahnblätter, Vogelmiere.
Selbstpflücker meiden besser Wiesen in der Nähe von Autostraßen, denn giftige Auspuffstoffe lassen sich nicht restlos durch Abbrausen entfernen und können zum Tod führen.
Von Obst dürfen Sie dem Vogel geben, was er mag, vorausgesetzt, das Obst wird zuvor gut gewaschen und abgetrocknet. Keinesfalls darf es frisch dem Kühlschrank entnommen werden, es muß unbedingt Raumtemperatur haben. Besonders gern mögen Wellensittiche: Apfelspalten, Birnenspalten, Möhrenscheibchen; diese Früchte nehmen sie auch gerne gerieben. Besondere Leckerbissen sind Erdbeeren. Von diesen picken sie mit Vorliebe die an der Frucht haftenden kleinen Samen ab, oft essen sie aber auch vom Fruchtfleisch. Sehr gerne naschen Wellensittiche an halbierten Weintrauben, und mit Begeisterung lutschen sie die kleinen »Pinsel« aus, die beim Abzupfen der Trauben am Stiel zurückbleiben. Wichtig: Die oben beschriebenen frischen Pflanzen und Früchte sind lebensnotwendig für Wellensittiche, da die damit gebotenen Wertstoffe nicht alle, oder nur geringfügig in den Körnermischungen enthalten sind. Versuchen Sie das Angebot so abwechslungsreich wie möglich zu halten.

Zusätzliche Vitamine

Es ist bekannt, daß beispielsweise Petersilie reich an Vitamin A ist. Überlagerte, welke, künstlich frisch gehaltene oder in schlechtem Boden gewachsene Petersilie enthält aber nur noch wenig bis gar kein Vitamin A mehr. So geht es mit allen vitaminhaltigen Pflanzen. Vitamine sind aber lebenswichtig. Je kleiner der Organismus, desto empfindlicher reagiert er auf vitaminarme Nahrung. Deshalb rate ich Ihnen, trotz abwechslungsreicher Frischkost dem Wellensittich das Trinkwasser mit Vitaminen anzureichern. Ich verwende Vitaminpräparate aus der Apotheke und gebe täglich ein paar Tropfen Multimulsin oder eine Messerspitze Completovit ins Trinkwasser.

Wasser oder Trank?

Als ich noch Anfänger war, bekamen meine Vögel nur abgekochtes Wasser. Im Institut für Vogelheilkunde der Universität München machte mich ein Arzt darauf aufmerksam, daß ich mit abgekochtem Wasser zwar ein gewisses Maß an Sterilität erreiche, aber auch die im Wasser enthaltenen Wertstoffe vernichte. Abgekochtes Wasser oder Kräutertee sei nur in manchen Fällen für erkrankte Vögel richtig. Seither wird bei mir frisches Leitungswasser lediglich mit Vitaminpräparaten angereichert.
Der im Handel angebotene Vogel-Trank ist mir zu kostspielig, denn ich muß täglich drei Trinknäpfchen füllen.

Kalk und Phosphor

Beide Mineralien sind in der bisher beschriebenen Nahrung nur in kleinen Mengen enthalten. Das gleicht man durch gute Kalksteine aus, die zum Knabbern und Schnabelwetzen im Handel erhältlich sind. Halten Sie so einen Kalkstein stets auf Vorrat, denn es kann vorkommen, daß der Vogel wochenlang den

Stein nicht berührt, dann aber mit Heißhunger so lange benagt, bis er zerbröckelt. Achten Sie beim Kauf auf den Hinweis: »Kalkstein, enthält alle Stoffe zum Aufbau des Knochengerüsts und zur Bildung der Federn«.
Die ebenfalls im Handel erhältliche Sepia, der kalkhaltige Schulp eines Tintenfisches, ist zum Knabbern für Wellensittiche ungeeignet, denn dieses Natrium-Chlorid enthaltende Produkt kann Legenot (→ Seite 44) verursachen.

Die feinen Extras

Außer den bereits besprochenen Dingen bietet der Handel Kolbenhirse, eine wertvolle Nahrung, die der gesunde Vogel täglich erhalten sollte. – Im Krankheitsfall wird sie auch als ausschließliche Nahrung empfohlen. Im Handel bekommen Sie außerdem noch Ringe, Herzchen oder Stangen, an die normale Körner mit Hilfe von Zuckerlösung oder Honiglösung befestigt wurden. Da das Lösen für die Vögel ein bißchen Knabberarbeit bedeutet, mögen sie diese Extras recht gerne.

Die richtige Dosierung der Nahrung

Vögel haben einen raschen Stoffwechsel und benötigen deshalb häufiger am Tag Nahrung. Sie können das selbst gut beobachten: Der Wellensittich bleibt nie lange – wie es zum Beispiel Hühner tun – vor dem Futternapf und ißt, er kehrt öfter dorthin zurück und nimmt dabei stets nur wenig von den Körnern. Ein kleines Problem: Der Wellensittich enthülst die Körner geschickt mit dem Schnabel. Die leeren Hülsen fallen in das Näpfchen zurück und bedecken die Oberfläche. Der Wellensittich findet nach einigen Kleinstmahlzeiten die vollen Körner nicht mehr unter der Hülsenschicht. Sie müssen also die leeren Hülsen von Zeit zu Zeit entfernen. Ich biete meinen Vögeln in mehreren Näpfchen Körner an. Ein bis zweimal am Tag nehme ich die leeren Hülsen mit einem Eierlöffelchen ab. Für freifliegende Vögel darf auch außerhalb des Bauers noch eine Schale mit Körnern stehen. Je größer und flacher die Schale, desto länger erreichen die Vögel volle Körner neben den leeren Hülsen.
Sie sollten auch daran denken, daß Sie einmal unvorhergesehen am Heimkommen gehindert werden können. Die gebotenen Körner sollten deshalb immer für zwei bis drei Tage reichen. Selbst das dann abgestandene Trinkwasser wäre in einer solchen Situation besser als keines.
Verargen Sie es Ihrem Wellensittich nicht, wenn er Tricks anwendet, um möglichst oft Körner vom Käfig- oder Fußboden aufnehmen zu können! Das gehört für ihn zur beliebtesten Art, satt zu werden, denn er ist von Natur aus darauf eingestellt, seine Nahrung am Boden zu suchen.

Gefahren im Alltag

Auch wenn Ihr Wellensittich zahm und gesund, gut ernährt und lebenslustig ist, drohen ihm in der Wohnung vielerlei Gefahren. Man muß sie kennen, um sie vorbeugend vermeiden zu können. Ich nenne Ihnen hier alle Unfall- und Verletzungsgefahren, die auch Ihrem Wellensittich drohen, mit der Bitte an Sie, ihn davor zu bewahren.

Hat der Vogel nicht gelernt, die Fensterscheibe als Raumbegrenzung zu erkennen, kann er im Flug dagegenprallen und sich das Genick brechen.

Wegfliegen

Die meisten Vögel gehen elend zugrunde, wenn sie entflogen sind und nicht zufällig wieder Aufnahme bei Menschen finden. Es gibt viele Gelegenheiten für den Wellensittich wegzufliegen:

- Offenstehende Türen und Fenster,
- Herauskrabbeln aus dem Bauer, wenn der Sandschuber entfernt ist,
- das Türchen des Käfigs schließt nicht richtig,
- Stäbe am Käfig sind locker, der Vogel kann zwischen den Stäben durchschlüpfen,
- der Vogel sitzt gerne auf dem Kopf, der Schulter, dem Hut seines Pflegers; Vorsicht, wenn er das gerne tut! Man kann ihn unbewußt selber auf diese Weise aus dem Zimmer und ins Freie tragen,
- auch Besucher können ihn unbeabsichtigt mitnehmen. Letztlich erschrickt der Vogel und fliegt davon.

Viele Wellensittich-Pfleger glauben, wenn sie einen Store vor dem offenen oder gekippten Fenster haben, könne der Vogel nicht wegfliegen. Wellensittiche klettern aber gern am Store hoch, schlüpfen dann oben durch eine noch so kleine Lücke und klettern auf der anderen Seite wieder herunter. Schon sind sie draußen – nicht aus »bösem Willen«, sondern aus Dummheit.
Ich habe deshalb einen Fensterflügel vergittern lassen: Ein leichter Holzrahmen wurde mit 1 × 1 cm Maschendraht bespannt und im äußeren Fensterrahmen befestigt.
Der vermeintlich absolut zahme Wellensittich, der stets in Gesellschaft seines Menschen-Kumpans bleibt, sei es bei offenem Fenster, auf dem Balkon, auf dem Weg zu Mülltonne und Auto, kann nach Jahren, in denen alles immer gut ging, eines Tages durch einen Knall erschrecken, in Panik hochfliegen und außer Sichtweite geraten. Er findet dann nicht zurück. Seine Angst in der unbekannten Welt wird immer größer – und damit nimmt die Eile des Wegfliegens zu.
Von 100 gut gehüteten Wellensittichen fliegen etwa 70 »aus Versehen« weg! Das Wegfliegen ist also die größte Gefahr. Für alle anderen Unglücksmöglichkeiten genügt, um sie aufzuzeigen, die folgende Übersicht.

Gefahren im Alltag

Gefahren-Katalog

Gefahrenquelle	Auswirkungen
Zugluft beim Lüften, offene Türen und Fenster	Wellensittiche sind höchst empfindlich, auch wenn nur kurzfristig Zug entsteht: Erkältung, Kropfentzündung, Lungenentzündung!
Pralle Sonne, überhitzte Räume	Der Vogel kann nicht in den Schatten ausweichen: Gefahr des Herzschlages!
Plötzliche Temperaturunterschiede	Verträglich sind Raumtemperaturen zwischen 24° und 5° Grad C. Der Vogel muß jedoch allmählich an neue Temperaturen gewöhnt werden.
Spalten zwischen Wand und Möbel	Abrutschen, Einklemmen.
Bücherregale	Der Vogel kann hinter die Bücher schlüpfen, kommt aber allein nicht mehr heraus.
Schubladen, Schränke	Der neugierige Vogel untersucht gern den Inhalt offenstehender Schubladen und Schränke. Wird er unbemerkt darin eingeschlossen, kann er verhungern oder ersticken.
Küche	Dämpfe und Dünste können ihn ersticken; überhitzter Raum, aber auch notwendiges Lüften führen zu Erkältungen. Heiße Töpfe, Schüsseln mit heißem Inhalt: Verbrühen, Ertrinken! Heiße Herdplatte: Verbrennungen, Tod durch Verbrennen! Reste von Putzmitteln: Vergiftung!
Badezimmer	Gekipptes Fenster: Wegfliegen! Offenes WC: Abrutschen, Ertrinken! Reste von Putzmitteln und Chemikalien: Vergiftung!
Fensterscheiben, Glasscheiben, Glaswände	Dagegenfliegen: Gehirnerschütterung, Schädel- oder Genickbruch!
Türen	Einklemmen, Zerquetschen!
Gefäße mit Wasser (Eimer, Vasen, Schalen)	Hineinrutschen, Ertrinken! Schaum auf der Wasseroberfläche wird als Landefläche angesehen.
Gefüllte Wannen und Waschbecken	Ertrinken!

Gefahren im Alltag

Gefahrenquelle	**Auswirkungen**
Öfen, elektrische Geräte	Verbrennungen oder Tod durch Verbrennen!
Elektrische Kabel, Steckdosen	Stromschlag durch Annagen!

Kerzenlicht	Für den freifliegenden Vogel gefährlich: Verbrennungen, Tod durch Verbrennen!
Leere Ziergefäße	Hineinrutschen, nicht allein wieder herauskommen: Ersticken, Verhungern, Herzschlag! (Mit Sand oder Papier füllen!)
Bierkrüge, Bechergläser	Hineinrutschen, Ertrinken, Ersticken! (Zudecken, leer umdrehen!)
Gestricktes, Gehäkeltes	Verfangen mit den Zehen. Erhängen!
Garn, Bindfaden, Kette	Erdrosseln durch Schlingenbildung!
Harter Fußboden	Bei nicht voll flugfähigen Vögeln, die bei der Landung hart aufprallen: Beinbruch, Brustquetschungen!
Ungeeignete Drahtabstände bei Käfig und Voliere	Durchstecken des Köpfchens: Erdrosseln oder Steckenbleiben und Verletzungen!
Zu dünner, scharfer Draht	Zehen- und Kopfverletzungen!
Zu dünne Sitzstangen	Auswachsen der Krallen, Knorpelbildung!

Gefahren im Alltag

Gefahrenquelle	**Auswirkungen**
Spitze Gegenstände, Drahtenden, Nägel, Splitter	Verletzungen, Stichwunden!
Menschenfuß	Zertreten!
Sessel, Stühle, Couch	Zerquetschen beim Hinsetzen!

Gifte	Tödliches Gift: Blei, Grünspan, Rost, kunststoffbeschichtete Pfannen, jede Art von Putzmittel, Quecksilber. Schädlich sind: Bleistiftspitzen, Kugelschreiber- und Filzstiftminen, Alkohol, Kaffee, scharfe Gewürze.
Pflanzenschutzmittel	Alles, was Insekten oder Ungeziefer vertilgt, ist für den Vogel lebensgefährlich! Niemals Pflanzen im »Vogelzimmer« spritzen, keine gespritzten Pflanzen ins Zimmer bringen.
Giftige Pflanzen	Eibe, Narzissen, Primeln.
Nikotin	Verräucherte Luft schadet! Nikotin ist tödlich!
Milben, Ungeziefer	Käfig, Spielzeug, Lieblingsplätze desinfizieren, den Vogel aber niemals bestäuben oder besprühen: Ersticken, Vergiftung! Bei Parasitenbefall: Zum Tierarzt!
Menschliche Nahrung	Schädlich! Winzige Mengen Weißbrot, trockener Kuchen, vereinzelte Salzkörner bei großer Gier manchmal erlaubt.
Andere Haustiere	Vogel und Hund: Gut aneinander gewöhnen, anfangs nur unter Aufsicht zusammenlassen. Vogel und Katze: Nein! Vogel und Hase oder Hamster oder Meerschweinchen: Ja, doch direkten Kontakt vermeiden! Vogel und Fisch: Ja, doch Aquarium zudecken – Ertrinken!

Wenn der Vogel krank ist

Ein Wellensittich, der sich nicht wohl fühlt, fällt schon durch sein lustloses Verhalten auf: Er beschäftigt sich kaum mit seinem Spielzeug; dem menschlichen Freund oder dem Wellensittich-Partner weicht er aus. Er sitzt teilnahmslos auf einem Ast, hat sein Köpfchen nach hinten gedreht und den Schnabel ins Rückengefieder gesteckt, dabei hat er aber die Augen nicht ständig geschlossen, mit müdem Blick verfolgt er gerade noch, was dicht um ihn vorgeht. Sein Gefieder ist aufgeplustert, er ruht auf beiden Beinen, nicht auf einem, wie gewöhnlich in Ruhestellung. Allerdings, das Sitzen und Schlafen auf beiden Beinen allein ist noch kein Zeichen für eine Erkrankung. Zwar schlafen Wellensittiche normalerweise auf einem Bein ruhend, während sie das andere Beinchen ins Gefieder eingezogen haben. Es gibt aber Ausnahmen. Manky zum Beispiel schläft seit 7 Jahren allnächtlich auf 2 Beinen; nur selten zieht er ein Beinchen ins Gefieder. Ist der Wellensittich aber krank, gibt es noch andere Krankheitszeichen: Sie werden bemerken, daß er selten und nur ganz wenig ißt. Aufgeplustert sitzt er

Wenn der Wellensittich krank ist: Der Vogel liegt mehr als er sitzt auf seinem Ast, das Gefieder ist aufgeplustert, der Schwanz hängt leicht nach unten.

wiederholt vor dem Näpfchen und rührt nur in den Körnern, ohne viel davon aufzunehmen. Ist es schlimmer, hockt er vielleicht sogar kraftlos auf dem Boden des Bauers. Ein kranker Wellensittich bleibt vielleicht auch auf seinem Lieblingsplatz, sitzt dann aber nicht mehr aufrecht, sondern »liegt« mehr auf dem Bauch auf seinem Ast, den Kopf leicht abwärtsgeneigt, der Schwanz hängt dabei

Mühsam kämpft der Wellensittich um Gleichgewicht, wenn er vom Eierlegen erschöpft oder von Schmerzen geplagt ist. Typisch dabei ist die breitbeinige Haltung und das In-die-Luft-Beißen.

nach unten. Hat der Vogel Schmerzen, wird er zwischendurch mit leichtem Zittern zeitweilig die gefalteten Flügel seitlich abstellen und in die Luft beißen. Oft atmet ein kranker Wellensittich auch schwerer als sonst.
Haben Sie ein Pärchen, so können Sie beobachten, daß der kranke Vogel vom gesunden häufiger geputzt wird als gewöhnlich.
Finden Sie Ihren Vogel in einer ähnlichen Verfassung, so untersuchen Sie vor allem seinen Kot. Schleimiger, flüssig-breiiger oder wäßriger Kot ist immer ein Alarmzeichen. Bemerken Sie allerdings gelegentlich wäßrigen Kot, ohne daß der Wellensittich einen

kranken Eindruck macht, kann der Grund dafür auch eine harmlose Verstimmung sein. Manche Wellensittiche setzen kurzfristig nach dem Baden wäßrigen Kot ab, sehr viele Wellensittiche reagieren so auch auf Erschrecken oder auf ihnen unverständliche Situationen, die Unbehagen verursachen. Also menschlich gesagt, wenn sie traurig sind, sich plötzlich vernachlässigt oder schlecht behandelt fühlen. Neben dem allgemein kranken Eindruck und den eventuell veränderten Ausscheidungen können Kropf und Hals auch als sichtbares Symptom Schleim absondern. Der Vogel würgt dann häufig und schüttelt das Köpfchen heftig, um den Schleim wegzuschleudern. Sie brauchen aber nicht zu erschrecken, wenn Sie den gesunden Vogel dabei beobachten, daß er mehrmals hintereinander den Schnabel aufreißt und sich dabei hoch aufreckt. Es wirkt so ähnlich wie gähnen. Oder wenn er Geräusche verursacht, die unserem Niesen vergleichbar sind. Tierärzte erklärten mir, für den gesunden Wellensittich sei die erste Reaktion der Versuch, Sauerstoffmangel auszugleichen und die zweite Ersatz für die Benützung eines Taschentuchs. Aber beobachten Sie so etwas stets genau, wird dabei Schleim abgegeben, müssen Sie das als Symptom für eine beginnende Erkrankung nehmen.

Kleine Vogel-Apotheke

Einen kleinen Vorrat an Utensilien für erste Hilfe sollte jeder Vogelhalter bereit haben. Ins Kästchen für erste Hilfe gehören: Eine Pinzette, eine Pipette, eine stumpfe Schere, etwas Jodtinktur, Watte, blutstillende Watte, Tierkohle, ein – vom Tierarzt empfohlenes – Antibiotikum sowie eine schmale Mullbinde. Wichtig: Haben Sie immer auch eine Infra-Rot-Birne für Krankheitsfälle bereit.

Erste Maßnahmen

Der kranke Vogel kommt in einen separaten kleinen Käfig, wo er für sich allein ist. Oder er bleibt in seinem gewohnten Käfig, und sein Artgenosse wird von ihm getrennt und nötigenfalls in einem anderen Zimmer untergebracht. Der Raum muß warm und still sein und sollte nicht grell erleuchtet sein.
Bestrahlen Sie den Vogel mit dem Infra-Rot-Strahler. Er spendet nicht nur Wärme, sondern seine Strahlen dringen unter die Haut des Patienten und regen den Blutkreislauf und den Stoffwechsel an. Die Blutgefäße erweitern sich, wodurch schädliche Stoffe rascher abgebaut werden können. Durch die Strahlen werden Abwehrstoffe aktiviert. Der Abstand des Strahlers vom Vogel sollte etwa 40 bis 50 cm betragen. Prüfen Sie sorgfältig die Temperatur, sie sollte nicht über 35° C liegen. Diese Bestrahlungen nehmen Sie etwa dreimal täglich 20 bis 30 Minuten vor. Nach der Bestrahlung ist es aber sehr wichtig, daß die Umgebungstemperatur nicht rapide absinkt. Versuchen Sie, die Wärme nach den Bestrahlungen durch eine elektrische Birne, die hinter einem Tuch auf den Käfig strahlt, auf annähernd 35 Grad C zu halten. Oft zeigt der kranke Wellensittich schon nach der ersten Bestrahlung wieder ein muntereres Verhalten.
Handelt es sich um eine Erkrankung der Atemorgane – der Wellensittich würgt also Schleim auf, hat Nasenschleim, oder sein Atem ist von leichtem Rasseln begleitet – so müssen Sie bei der Infra-Rot-Bestrahlung für genügend Luftfeuchtigkeit sorgen. Am besten stellen Sie den Käfig auf eine Schüssel, die so groß ist, daß der Schüsselrand die Längsseiten des Käfigs überragt. In die Schüssel gießen Sie wenig heißes Wasser. So steigt leichter Dampf

auf und spendet Luftfeuchtigkeit. Käfig und Schüssel müssen dabei so von einem Tuch umhüllt sein, daß der Dampf gezielt in das Innere des Bauers dringt, die Infra-Rot-Strahlen aber dennoch den Vogel erreichen.
Achtung! Bemerken Sie bei Ihrem kranken Vogel nur die leichtesten krampfartigen Bewegungen oder Lähmungen, so ist jegliche Bestrahlung schädlich.
Diese ersten Maßnahmen dürfen bei andauernder Krankheit aber nicht die einzige Behandlung bleiben. Kommt Ihnen der Vogel nach wenigen Stunden immer noch krank vor, müssen Sie ihn unbedingt zum Tierarzt bringen oder den Tierarzt zu sich bitten. Der Transport sollte nur dann erfolgen, wenn der Vogel bei gleicher Wärme wie im Zimmer zu halten ist, also im geheizten Auto! Den Käfig in eine warme Decke eingeschlagen, eventuell zusätzlich mit einer erwärmten Heizdecke oder mit dem Heizkissen umhüllt. Aber Vorsicht: Der Vogel braucht dennoch genügend Atemluft.

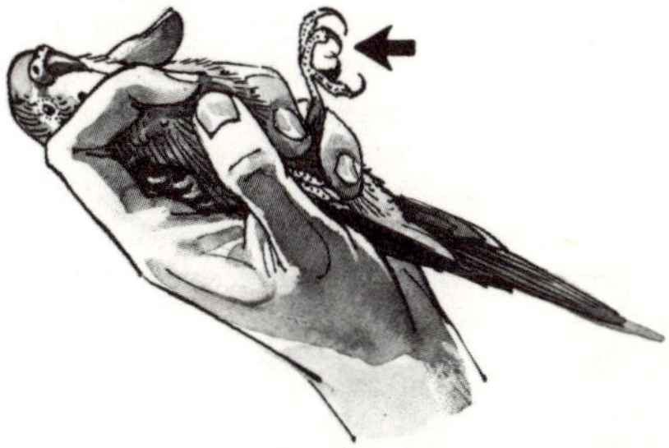

So halten Sie beim Krallenschneiden den Vogel richtig: Das Köpfchen liegt zwischen Zeige- und Mittelfinger, die anderen Finger halten ein Beinchen zur Behandlung fest.

Rat für die Behandlung: Muß der Vogel für irgendeine behandelnde Maßnahme in die Hand genommen werden, greifen Sie ihn dann richtig: Die rechte Hand legt sich vor die Brust des Vogels, mit der linken greifen Sie von oben über den Kopf. Das Köpfchen schaut dann zwischen Zeige- und Mittelfinger hervor. Zum Untersuchen kann der Vogel dann gut in die linke Hand genommen und bäuchlings betrachtet werden (→ Zeichnung linke Spalte). Fangen Sie den Vogel niemals aus dem Flug, dabei kann er sich zu leicht die Flügel oder das Schultergelenk verletzen. Ist der Vogel bei Tageslicht nicht zu greifen, warten Sie den Abend ab, dann gelingt es auf jeden Fall.

Krankheiten

Durchfall

Symptome: Wäßriger oder breiiger Kot, verschmutztes Gefieder, apathisches Verhalten.
Mögliche Ursachen: Erkältung durch Zugluft, rascher Temperaturwechsel, zu kaltes Trink- oder Badewasser, kalte oder verdorbene Nahrung, Magen- oder Darmentzündung, Infektion, Vergiftung.
Erste Maßnahmen: Verschmutztes Gefieder lauwarm waschen und gut trocknen. Isolieren, keine Frischkost; Tierkohle auf die Körner, in hartnäckigen Fällen Körner leicht rösten; abgekochtes Wasser oder lauwarmer Kamillen- oder Pfefferminztee; stete Wärme, Infra-Rot-Bestrahlung.
Behandlung: Bei über 24 Stunden anhaltendem Durchfall, verbunden mit Schwäche, Tierarzt aufsuchen!

Verstopfung

Symptome: Der Vogel muß sich beim Kotabsetzen offensichtlich anstrengen und bewegt dabei den Hinterkörper hin und her.
Mögliche Ursachen: Falsche Ernährung, Vergiftung, innere Erkrankung.
Erste Maßnahmen: Mit der Pipette einen Tropfen Rizinusöl, Olivenöl oder Keimöl seitlich auf die Zunge träufeln. Obst und Grünzeug anbieten, vor allem gekeimte Körner.

Behandlung: Nach etwa 8 Stunden noch einmal Öl auf die Zunge träufeln. Gibt sich die Verstopfung nicht, Tierarzt aufsuchen.

Legenot
Symptome: Das Weibchen drückt, als habe es Verstopfung. Ihr Unterbauch ist gerundet, die Federchen um die Kloake stehen leicht ab, die Wachshaut ist hell und glatt. Kann das Ei nicht gelegt werden, wird das Weibchen schwach, sträubt das Gefieder, wippt auffallend mit dem Schwanz, hält die Augen geschlossen und kann schließlich nur noch auf dem Käfigboden sitzen.
Mögliche Ursachen: Allgemeine Schwäche. Erstes Ei. Das Ei hat keine Kalkschale gebildet.
Erste Maßnahmen: Infra-Rot-Bestrahlung mit feuchter Wärme, also Dämpfe aufsteigen lassen.
Behandlung: Wird das Ei nicht innerhalb von 1 bis 2 Stunden nach der Wärmebehandlung gelegt, sofort den Tierarzt aufsuchen.

Lähmungen
Symptome: Leichtes Nachziehen eines Beines oder allmählich zunehmende Bewegungshemmungen.
Mögliche Ursachen: Vitaminmangel, falsche Ernährung, Vergiftung, Verletzung.
Erste Maßnahmen: Vitaminpräparat ins Trinkwasser, frisches Grün und Obst, Wärme, aber keine Bestrahlung.
Behandlung: In jedem Fall möglichst bald den Tierarzt aufsuchen.

Gehirnerschütterung
Symptome: Plötzliche totale Lähmung oder Bewußtlosigkeit.
Mögliche Ursachen: Unglücklicher Sturz oder Aufprall.
Erste Maßnahmen: Den bewußtlosen Vogel weich und dunkel lagern, das Köpfchen höher als den Körper. Ist der Vogel bei Bewußtsein: Wärme, jedoch keine Bestrahlung.
Behandlung: Möglichst umgehend den Tierarzt aufsuchen.

Krämpfe
Symptome: Zunächst ist meist Schwäche in den Beinen zu bemerken; später Gleichgewichtsstörungen, Torkeln auf dem Boden, Sitzen meist in Bauchlage. Stereotype Kopfbewegungen. Im schlimmsten Stadium ist der Kopf krampfhaft zum Bauch oder auf den Rücken gebogen.
Mögliche Ursachen: Vitaminmangel.
Erste Maßnahmen: Ruhe, Wärme, abgeschirmtes Licht, keine Bestrahlung.
Behandlung: Sofort den Tierarzt aufsuchen.

Kropfentzündung
Symptome: Schnupfen, Niesen, Husten, Kopfschütteln mit Schleimabsonderungen, verklebte Nasenlöcher, verklebte Federn am Kopf, schweres Atmen.
Mögliche Ursachen: Erkältungen (→ Durchfall, Seite 43), Infektionen.
Erste Maßnahmen: Gefieder lauwarm waschen und gut trocken tupfen. Bestrahlungen mit warmen Dämpfen.
Behandlung: Sofort den Tierarzt aufsuchen.

Atembeschwerden
Symptome: Schwäche, Zittern, schweres Atmen, piepsende oder pfeifende Atemgeräusche. Der Vogel hält sich vielleicht mit dem Schnabel am Gitter fest und streckt den Hals, um mehr Luft zu bekommen.
Mögliche Ursachen: Erkältung (→ Durchfall, Seite 43), Lungenentzündung, Schilddrüsenerkrankung.
Erste Maßnahmen: Bestrahlung mit warmen Dämpfen.
Behandlung: Sofort den Tierarzt aufsuchen.

Hautverletzungen
Symptome: Blutende oder verkrustete Wunde.
Mögliche Ursachen: Verletzung an spitzen Gegenständen, Rivalenkämpfe.
Erste Maßnahmen: Gefieder oder Beinchen mit abgekochtem lauwarmen Kamillentee reinigen. Ruhe. Kleine Wunden heilen von selbst.
Behandlung: Größere Wunden vom Tierarzt behandeln lassen.

Wenn der Vogel krank ist

Verdickungen unter der Haut
Symptome: Aufgewölbte Körperstellen, kleine Beulen.
Mögliche Ursachen: Fettpolster unter der Haut, Gewebeverhärtungen, Luftansammlungen (gewölbter Unterleib bei Weibchen, meist vor Eiablage).
Mögliche Ursachen: Innere Ursachen, nicht geklärt.
Erste Maßnahmen: Keine.
Behandlung: Tierarzt aufsuchen.

Verstopfte Fettdrüsen
Symptome: Verdickung der Fettdrüse am Bürzel.
Mögliche Ursachen: Verstopfung des Fettgangs, Tumor an der Drüse.
Erste Maßnahmen: Keine.
Behandlung: Tierarzt aufsuchen.

Ausgewachsene Krallen
Symptome: Häufiges Hängenbleiben, überlange, manchmal sogar spiralförmig gewundene Krallen.
Mögliche Ursachen: Zu dünne und glatte Sitzstangen, zu wenig Bewegung.
Erste Maßnahmen: Naturzweige verschiedener Stärken anbringen, rauhe Steine in den Käfig legen. Zehen kürzen: Vogel mit linker Hand umfassen, Zehen gegen das Licht halten, dunkle Blutgefäße im Horn der Krallen sind dann gut sichtbar. Krallen vorsichtig bis kurz vor die Blutgefäße abschneiden. Sollte es zu einer Blutung kommen, blutstillende Watte auf die Zehe drücken; fällt die Watte ab, ist die Blutung zum Stehen gekommen. Ängstliche Vogelhalter sollten dies vom Tierarzt erledigen lassen.

Zu langer Schnabel
Symptome: Meist wachsen der Oberschnabel und manchmal auch der Unterschnabel seitlich so weit nach unten oder oben, daß keine Nahrungsaufnahme mehr möglich ist.
Mögliche Ursachen: Falsche Ernährung, zu wenig Abnützung des Schnabels.
Erste Maßnahmen: Naturäste, Kalkstein anbieten.
Behandlung: Tierarzt muß den Schnabel kürzen, unter Umständen mehrmals wiederholen.

Sittichräude (Schnabelschwamm)
Symptome: Schwammartige bräunliche Wucherungen am Schnabel, der Wachshaut, in der Augengegend und an den Beinen. Als kaum sichtbarer grauweißer Belag beginnend.
Mögliche Ursache: Kleinste Milben.
Erste Maßnahmen: Keine.
Behandlung: Tierarzt aufsuchen und den Vogel mit verschriebenem Präparat behandeln.

Milbenbefall
Symptome: Häufiges Kratzen, nächtliche Unruhe.
Mögliche Ursachen: Rote Vogelmilbe.
Erste Maßnahmen: Nachts weißes Tuch über den Käfig decken; darauf fallen am nächsten Morgen Milben als rote Punkte auf. Alles desinfizieren und mit Milbenspray behandeln. Im Abstand von 1 Woche fünfmal wiederholen. Wird der Vogel mit einem speziellen Milbenspray behandelt, muß das Köpfchen beim Besprühen sorgfältig abgedeckt werden!
Behandlung: Schutzmittel für den Vogel vom Tierarzt empfehlen lassen.

Brüche
Symptome: Brüche am Lauf und an den Zehen sind sichtbar, an Ober- und Unterschenkeln kaum wahrnehmbar, da diese im Körperinnern liegen. Flügelbrüche ebenfalls sofort sichtbar.

So legt man die Flügelbinde richtig an, wenn ein Armknochen gebrochen ist.

Mögliche Ursachen: Sturz, Aufprall, Hängenbleiben.
Erste Maßnahmen: Weiche Unterlagen auf Käfigboden schaffen (zerknüllte Tempotaschentücher). Alle Sitzstangen entfernen. Anlegen einer Gipsbinde → Zeichnung Seite 45.
Behandlung: Sofort den Tierarzt aufsuchen.

Mauser (keine Krankheit)
Symptome: Mehr oder weniger starker Federausfall, manchmal bis zur Flugunfähigkeit.
Ursache: Notwendige Erneuerung der Federn.
Erste Maßnahmen: Vitamin- und mineralstoffreiche Ernährung, also angekeimte Körner, Grünzeug, Obst, Kalk. Gleichmäßige Wärme, Ruhe.
Behandlung: Bei sehr starkem Mausern können ältere Vögel oft sehr schwach und kränklich werden. Dann zusätzlich bis zu dreimal täglich Infra-Rot-Bestrahlung.

Schreckmauser
Symptome: Der Vogel verliert partiell ganze Federbüschel.
Mögliche Ursachen: Plötzlicher Schrecken, äußerste Maßnahme gegen Feinde.
Erste Maßnahme: Ruhe, Wärme, vitamin- und mineralstoffreiche Ernährung, gekeimte Körner.

Französische Mauser
Symptome: Jungvögel verlieren im Alter von 4 Wochen die eben ausgewachsenen Schwung- und Flugfedern. Sie bleiben flugunfähig und werden deshalb Renner oder Hopser genannt.
Mögliche Ursache: Nicht völlig geklärt, möglicherweise Fehlernährung in den ersten Lebenstagen oder erblich veranlagt.
Erste Maßnahme: Vielseitige, hochwertige Ernährung. Möglichst geräumige Käfige mit frischen Zweigen und Ästen zum Klettern.
Behandlung: Keine; Renner bleiben meist lebenslänglich flugunfähig.

Papageienkrankheit (Psittakose)
Symptome: Apathisches Verhalten, Durchfall, Nasenschleim. Auf den Menschen übertragen, tritt die Krankheit ähnlich auf wie eine Lungenentzündung und kann zum Tod führen (heute nur noch in 2 bis 4% der Fälle). Bei Kindern besteht die Gefahr der Hirnhautentzündung.
Mögliche Ursachen: Durch Bakterien oder Viren übertragene Seuche, zuerst an Papageien entdeckt, heute äußerst selten. Trotzdem müssen alle Papageienvögel registriert werden (→ Seite 25 »Die Sache mit dem Ring«). Da die Krankheit auch durch andere Vogelarten übertragen werden kann, spricht man heute allgemeiner auch von Vogelkrankheit (Ornithose), obwohl noch nicht geklärt ist, ob die Viren der Psittakose und der Ornithose identisch sind. Die Krankheit ist meldepflichtig.
Erste Maßnahme: Isolieren, Ruhe, Wärme, hochwertige Nahrung, Infra-Rot-Bestrahlung mit warmen Dämpfen.
Behandlung: Umgehend den Tierarzt aufsuchen.

Das Töten eines Vogels

Nach dem Gesetz darf nur der Tierarzt ein Tier töten – und das nur dann, wenn das Weiterleben des Tieres für andere eine Gefahr bedeutet oder wenn sich das Tier nur noch quält. Solange aber ein Tier vor dem Gesetz lediglich als »Sache« betrachtet wird, könnten Sie auch Ihren völlig gesunden Vogel von vielen Tierärzten gegen Rechnung töten lassen, wenn Sie die Ausrede gebrauchen, daß Sie auf das Tier allergisch reagieren. Dieser Schritt bleibt also dem Gewissen des Menschen überlassen. Immerhin ist das Töten eines Vogels durch den Tierarzt die einzig vertretbare Methode, wenn es schon aus irgendeinem Grunde wirklich sein muß.

Wohin mit dem Vogel, wenn...

Die sonst übliche Freude beim Planen eines Urlaubs wird wahrscheinlich etwas getrübt durch die Frage: Wohin mit dem Wellensittich?

Am besten für ihn wäre es, er bliebe daheim in seiner gewohnten Umgebung. Handelt es sich um ein Vogelpärchen, braucht man nicht zu befürchten, daß die alleingelassenen Vögel sich dann einsam fühlen und trauern. Ein Pärchen kann gut durch einen zuverlässigen Pfleger betreut werden, der einmal am Tag, möglichst morgens, die Vögel reichlich versorgt und das Zimmer lüftet. Das kann ein Mitbewohner des Hauses sein, ein Nachbar, ein Verwandter. Bei einem einzelnen Wellensittich ist der Gedanke an seine wochenlange Einsamkeit aber belastend; im Idealfall sollte ein Familienmitglied dann zu Hause bleiben, um dem Wellensittich wenigstens stundenweise Gesellschaft zu leisten. Läßt sich das nicht einrichten, dann bringt man den kleinen Kerl am besten zu Freunden oder Verwandten, die ihn zuverlässig betreuen. Liefern Sie dann aber genügend vom gewohnten Körnerfutter mit, Sand, das Badehäuschen, Spielzeug und eine (leserlich geschriebene) kleine Anleitung: Besondere Gewohnheiten des Vogels, was er am liebsten an frischer Zusatznahrung mag und was er davon täglich bekommen sollte, ob und wie oft er etwa badet. Vor allem aber muß deutlich daran erinnert werden, worauf im einzelnen geachtet werden muß, um Unfälle zu vermeiden (→ »Gefahrenkatalog« Seite 38).

Sie wissen wahrscheinlich, daß Sie Ihren Wellensittich während des Urlaubs in einer Zoohandlung unterbringen können. Das ist sicher ein guter »Service«; ich meine aber, daß dies nur möglich ist bei einem Vogel, der daran gewöhnt ist, allein und ständig im Käfig zu leben. Ist Ihr Wellensittich jedoch an Freiheit gewöhnt, dann wird ihm die Umstellung unter Umständen Schwierigkeiten bereiten. Er hat zwar in der Zoohandlung das Stimmengewirr der anderen Tiere, vielleicht kann er von seinem Platz aus sogar seine Artgenossen sehen und Stimm-Kontakt mit ihnen pflegen – seine gewohnte Freiheit jedoch hat er dort wahrscheinlich nicht. Sehen Sie sich also zunächst einmal genau an, wie die »Feriengäste« in dem Zoofachgeschäft Ihres Vertrauens untergebracht sind; Sie kennen Ihren Wellensittich, überlegen Sie in Ruhe, was für ihn das Beste ist.

Wenn sich kein geeigneter Pfleger findet, dann können Sie den Vogel schon mal für zwei oder drei Tage allein in der Wohnung lassen. In diesem Fall muß die Körnermischung reichlich auf mehrere flache Schälchen verteilt werden, denn unter den leeren Hülsen sind die Körner für den Wellensittich nicht mehr erreichbar. Sie können auch einen schon bewährten Futterspender verwenden, vorausgesetzt der Futterspender funktioniert zuverlässig – wenn das nicht der Fall ist, verhungert Ihr Vogel! Zusätzlich kann man ihn mit mehreren Kolben der Kolbenhirse versorgen. Wasser muß dann im Wasserspender angeboten werden, der dem Vogel aber bereits vertraut sein muß. Den Vogel jedoch für mehrere Wochen allein in der Wohnung zu lassen, halte ich für völlig unmöglich.

Sollte sich keine annehmbare Lösung finden, so rate ich Ihnen zu einer Kleinanzeige: »Wer nimmt Wellensittich in Pflege von . . . bis . . . «? Oder Sie rufen den Studentendienst an und engagieren für die Vogelpflege einen zuverlässigen Studenten. Man könnte sich auch beim zuständigen Pfarramt nach einem alten Menschen erkundigen, der bereit wäre, gegen Entgelt täglich den Vogel in Ihrer Wohnung

zu versorgen; vielleicht ist in Ihrer Nähe auch ein Altersheim, in dem Sie eine entsprechende Anfrage an das Schwarze Brett heften. Versuchen Sie auf jeden Fall rechtzeitig, vielleicht schon bald, nachdem Sie Ihren Wellensittich zu sich genommen haben, einen zuverlässigen Ersatzpfleger für ihn zu finden. Schließlich will man nicht nur manchmal verreisen, man muß es vielleicht sogar einmal gegen seinen Willen; man könnte auch plötzlich einmal ins Krankenhaus gebracht werden. Für diese unvorhergesehenen Ereignisse sollte man vorsorgen, am besten, solange man selbst dazu noch in der Lage ist. In höchster Not setzen Sie sich mit dem Tierschutzverein in Verbindung. Können die zuständigen Personen vielleicht nicht selbst helfen, so werden sie aber bestimmt Hilfe vermitteln.
Und weil wir hier schon die Schattenseiten des Lebens streifen müssen, möchte ich auch daran erinnern: Was wird aus dem Wellensittich, wenn das Leben seines Partners Mensch einmal zu Ende geht? Bedenken Sie deshalb Ihren Wellensittich in Ihrem Testament und geben Sie auch an, wohin er gebracht werden soll. Ehe Sie ihn in ein ungewisses Schicksal entlassen – der bessere Weg als Töten oder ein unzuverlässiger Pfleger ist der Tierschutzverein! Die meisten Tierheime halten Wellensittiche in vorbildlichen Volieren, wo sie in Gesellschaft von Artgenossen ein gutes Vogelleben haben. Unterstützen Sie vielleicht den Tierschutzverein schon jetzt durch ihre Mitgliedschaft in Gedanken an das Gute, das viele Tiere – vielleicht auch einmal Ihr Wellensittich – durch ihn erfahren.

Wellensittich-Nachwuchs

Paarbildung

Die zärtliche, oft aufregende Zweisamkeit eines Wellensittichpärchens beobachten zu können, gehört mit zu den schönsten Erlebnissen eines Vogelnarren! Wenn die beiden auch noch ihren Besitzer in die Freundschaft einbeziehen, ist das Glück vollkommen.
Glauben Sie aber nicht, die Ehe sei bereits perfekt, wenn Sie Ihrem allein lebenden Wellensittich eines Tages den fehlenden Partner heimbringen. Zunächst beginnt dann das gegenseitige Kennenlernen: Die ersten Annäherungen erfolgen scheu und zaghaft, bis das Männchen die Vater- oder Beschützerrolle übernimmt. Das Weibchen läßt sich diese Fürsorge zwar wie selbstverständlich gefallen, ist jedoch noch geraume Zeit auf Abstand bedacht und wahrt von Anfang an seine Rechte. Von Natur aus setzt ein Wellensittichmännchen seinen Willen beim Weibchen niemals mit Gewalt durch, und sei diese noch so sanft. Darüber hinaus besitzt das Männchen gegenüber dem Weibchen eine naturgegebene Angriffshemmung, auf die sich das Weibchen völlig verläßt, ohne selbst diesbezügliche Hemmungen zu entwickeln.
So wird das Männchen den Lieblingsplatz seines Weibchens respektieren. Nur wenn das Weibchen in gebührender Entfernung weilt, wird das Männchen es wagen, dort auch einmal rasch Platz zu nehmen. Es dauert noch eine Weile, bis das Weibchen es ihm gestattet, in einigem Abstand neben ihm zu sitzen. Vielleicht vertreibt das Weibchen es von seinem bisher so geliebten Spiegel, vielleicht macht es ihm das Glöckchen streitig. Sitzt das Männchen vor dem Futternäpfchen, fühlt das Weibchen sich ebenfalls zum Essen animiert und wird dies zielstrebig statt seiner tun. Zusammenlebende Vögel bringen sich gegenseitig in einander entsprechende Stimmungen: Putzt sich einer, beginnt der andere ebenfalls mit der Gefiederpflege, nimmt einer Ruhestellung ein, folgt der andere alsbald, möchte einer essen oder trinken, will der andere das auch. In Freiheit können viele Vögel gleichzeitig am Boden nach Nahrung suchen. In einem Käfig mit nur einem Näpfchen für Körner, nur einer Apfelspalte, nur einem Trinknäpfchen, hat es das Männchen mitunter schwer mit seinen spontanen Gelüsten. Mein Pärchen hat deshalb alles doppelt und fühlt sich dabei sehr wohl.
Möchte das Weibchen vom Männchen gefüttert werden, rückt es ihm nahe, nimmt eine leicht geduckte Haltung ein und sieht es fordernd an. Reagiert das Männchen rasch und richtig, ist das Weibchen sanft, gelingt es ihm nicht, schnell genug Futter hervorzuwürgen, hackt das Weibchen es unmißverständlich weg. Hält das Weibchen ihm das Köpfchen zur Gefiederpflege hin, wird das Männchen ohne zu zögern diese Erwartungen erfüllen. Aber die beiden müssen schon eine Zeitlang beisammen gewesen sein, ehe das Weibchen seinem Männchen ebenfalls das Kopfgefieder pflegt.

Balz und Liebesspiel

Im Laufe einiger Monate wird das Männchen immer selbstsicherer und benimmt sich mitunter sogar keck gegen sein Weibchen. Als Vorspiel geschlechtlicher Erregung wird es bei jeder nur möglichen Gelegenheit versuchen, dem Weibchen auf die Schwanzfeder zu treten und diese mit den Zehen festzuhalten – das läßt sich allerdings nur beobachten, wenn die Vögel entweder frei gehalten werden oder einen sehr geräumigen Käfig bewohnen. Das Männchen versucht aber auch, die Schwanzfedern des Weibchens mit dem Schnabel zu fassen und zu putzen. In jedem Fall wird das Weibchen mit leichtem Gezeter ausweichen und nach ihm hacken. Oft ergibt sich aus Angriff und Abwehr ein richtiges Fangenspiel der beiden. Dabei benützt das Männchen gerne auch Gegenstände, um seinem Weibchen zu imponieren: Es reißt wie wild am Glöckchen oder läßt es sich durch Anstoßen um den Kopf wirbeln. Dazwischen stellt es die Flügel »eckig« ab und dreht mit lautem Schreien rasende Flugrunden durchs Zimmer. Dem Weibchen aber scheint der ganze Feuereifer kaum Eindruck zu machen; gelassen zieht es sich auf seinen Platz zurück, als ginge das Ganze es nichts an. Will das Männchen erneut mit ihm »anbandeln«, stupst es das Weibchen mit dem Schnabel zärtlich und auffordernd in die Seite und trippelt erregt, eifrig mit dem Kopf nickend und mit vielen Verbeugungen auf und ab. Dabei redet es überstürzt »Wellensittisch« oder sagt stereotyp einige wenige Wörter aus seinem Sprechrepertoire. Während des Balzens sehen Sie die große Erregung des Männchens deutlich an seinen Augen: Die Pupillen werden zu ganz kleinen schwarzen Punkten, die weiße Iris tritt so gut wie niemals sonst in Erscheinung. Diese »Pünktel«-Augen, wie die Wellensittichkennerin *Ragotzi* sie nennt, bekommt der Wellensittich nicht nur beim Liebesspiel mit seinem Weibchen, sondern auch, wenn er ein Ersatzobjekt anbalzt. Dabei spreizt er auch sein Stirngefieder ganz leicht.

Paarung und Eiablage

Bei diesen Liebesspielen kann es ein Pärchen belassen, ohne die Paarung zu vollziehen. Ein einzeln gehaltenes Pärchen vermißt möglicherweise Artgenossen, die sich ebenso in Balzstimmung befinden. Geht das Spiel aber weiter, so wird das Wellensittichmännchen noch in tagelangen Wiederholungen sein Weibchen anbalzen, ehe dann das Weibchen endlich in Paarungsbereitschaft ist und sich ihm mit einer reizenden Gebärde anbietet.

Die Begattung dauert bei Wellensittichen nur Sekunden. Wenn sich die Kloaken der beiden Vögel berühren, ist der Schwanz des Weibchens aufgerichtet.

Dabei klammert es sich mit beiden Füßen ganz fest an einem Ast an, stellt den etwas seitlich gedrehten Schwanz steil in die Höhe und legt das Köpfchen weit zurück. In dieser zierlichen Stellung verharrt es reglos und sieht das Männchen unentwegt an. Dieses setzt dann in höchster Erregung einen Fuß auf den Rücken des Weibchens, schnäbelt noch rasch mit ihm, ehe es dem Weibchen mit beiden Füßen auf den Rücken tritt und sich mit dem

Schnabel am Hals- oder Kopfgefieder festhält. Während das Männchen seine beiden Flügel nach vorne legt und damit das Weibchen umfängt, bringt es seine Kloake mit der des Weibchens in Berührung. Meist läßt es sich danach rasch zur anderen Seite abgleiten.
Das beschriebene Paarungsverhalten trifft auf mein Wellensittichpärchen zu. In Beschreibungen las ich von Varianten, wobei das Pärchen während des Paarungsvorganges die Schnäbel ineinanderhakt, oder das Männchen durch reges Schwenken des Hinterteils die Kloake des Weibchens wechselseitig berührt. Woanders hieß es, das Weibchen ließe dabei die Flügel hängen. Ich habe das aber nie beobachtet.

Ist die Paarung vorüber, schütteln beide Vögel ihr Gefieder, das Weibchen verläßt den Platz. Das Männchen folgt ihm und beginnt, es zu füttern. Ist ein Nistkasten vorhanden, so ist dieser dann der Zufluchtsort des Weibchens, und das Männchen füttert es durch das Einschlupfloch. Hält die Brutstimmung des Weibchens an, bietet es sich mehrmals täglich und während der ganzen Zeit des Eierlegens (Legeperiode) zur Hochzeit an. Obgleich das Männchen in diesen Tagen das Weibchen ständig anbalzt, ist es nicht jedes Mal auch bereit, das Weibchen zu »treten«. Dann löst sich das Anbieten des Weibchens nach einigen Sekunden durch das Schütteln des Gefieders. Ehe ein junges Weibchen sein erstes Ei legt, werden Sie möglicherweise etwas beunruhigt sein; denn viele Weibchen machen ein bis zwei Tage zuvor einen leicht kranken Eindruck. Häufig werden sie ganz schlank und stellen die Flügel leicht zitternd »eckig« ab. Der Kot wird breiig-flüssig und in größeren Mengen abgesetzt. Wenn Sie das Weibchen dann genau betrachten, stellen Sie fest, daß die Wachshaut heller und glatter als sonst geworden ist. Außerdem nagt das Weibchen schon Tage vorher auffallend oft am Kalkstein. Irgendwann finden Sie dann das erste Ei auf dem Käfigboden. Ohne Nistkasten wird das Ei vom Weibchen meist nicht mehr beachtet, manchmal aber auch zerhackt oder samt der Schale verspeist.

Nach der Eiablage krallt sich das Weibchen wiederum mit aller Kraft an einen Zweig, hoch aufgerichtet hält es sich mühsam im Gleichgewicht, zitternd spreizt es die Flügel ab, dabei ist es ganz schlank und gespannt und beißt leer in die Luft. Ist das Männchen zugegen, sucht es meist stürmischen Kontakt zum Weibchen, das in diesen fünf Minuten jedoch gerade noch genügend Kraft aufbringt, sich auf dem Ast zu halten. Diese Fehleinschätzung der Situation durch das Männchen läßt sich nur durch die naturwidrige Eiablage erklären; denn im Freileben wird das Ei in die Nisthöhle gelegt, das Männchen ist keinesfalls zugegen, und das Weibchen muß sich nach der Anstrengung nicht mühsam auf einem Ast im Gleichgewicht halten; es liegt dann in der Nisthöhle auf dem Bauch, wobei es sich wesentlich leichter entspannen kann.

Hat eine Legeperiode einmal begonnen, legt das Weibchen seine 4 bis 6, seltener auch 7 oder 8 Eier, auch wenn kein Bruthäuschen zur Verfügung steht. Manche Weibchen suchen sich für die Eier ein Versteck. Sie schlüpfen in eine Schachtel, legen ihre Eier in die Ecke auf einem Schrank, hinter Bücher, oder sie lassen die Eier einfach auf den Boden des Käfigs fallen. Ohne Brutkästchen versucht ein Weibchen nur ganz selten zu brüten.

Eine kleine Auswahl aus dem großen Züchterangebot. Wellensittiche gibt es in verschiedensten Farbschlägen und Gefiederzeichnungen. ▷

Das Brüten

Wenn Sie sich also Wellensittich-Nachwuchs wünschen, dann müssen Sie dem Paar ein Brutkästchen (→ Zeichnung unten) anbieten. Für einige Mark bekommt man es im Handel; Größe: 25 × 15 × 15 cm. Auf einer Seite der Längswand ist das Einschlupfloch, darunter eine kleine Sitzstange. Auf der gegenüberlie-

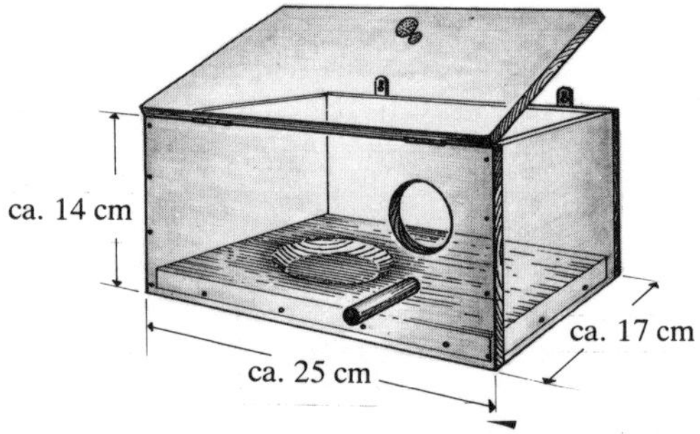

Nistkästen für Wellensittiche gibt es in Zoohandlungen zu kaufen. Achten Sie darauf, daß Nistmulde und Einschlupfloch nicht übereinander angeordnet sind.

genden Seite befindet sich auf dem Boden des Nistkastens die flache Nistmulde. Der Deckel des Kästchens ist aufklappbar zur möglichen Kontrolle durch den Züchter.
Ehe Sie aber das Kästchen kaufen, überlegen Sie gut: Ist Ihr Pärchen jung, gesund und hat es sich wiederholt nach den Liebesspielen auch gepaart, dann können Sie sich auf 5 bis 6 junge Wellensittiche freuen. Aber Sie sind dann für die Jungen ebenso verantwortlich wie für die Eltern. Möchten Sie alle Vögel behalten? Raumfrage, weitere Bruten, um ein Vielfaches vermehrte Pflegearbeit, auch erhöhte Kosten. All diese Punkte müssen vorher bedacht werden. Möchten Sie die Jungvögel nicht behalten, so überlegen Sie, ob sich genügend Bekannte finden, die aus Ihrer Zucht einen Wellensittich übernehmen. Sind Sie sicher, diese Probleme alle bewältigen zu können, dann hängen Sie das Brutkästchen in den Käfig oder an einen geschützten Platz im Zimmer, aber nicht zu hoch, damit Sie das weitere Geschehen beobachten können.
Zunächst werden beide Wellensittiche das unbekannte Kästchen meiden wie alles Neue. Aber schon nach Stunden hat das Weibchen den Brutkasten angenommen und beginnt mit der Inspektion. Wahrscheinlich sitzt es schon bald in der Nistmulde und nagt am Einschlupfloch und an den Wänden. Nun braucht das Männchen nicht mehr lange um sein Weibchen zu werben. Den Paarungen folgen die Eier – jeden zweiten Tag eines –, auf denen das Weibchen von nun an 4 Wochen Tag und Nacht sitzt. Das Männchen verharrt stundenweise auf der Sitzstange vor dem Einschlupfloch, steckt ab und zu seinen Kopf hinein und füttert das Weibchen durch das Loch. Will das Weibchen aber Ruhe haben und wagt das Männchen sich mit dem Kopf zu weit ins Innere, dann ertönt das grelle Geschrei des Weibchens. Auch der Pfleger sollte jetzt möglichst selten den Deckel heben und durch Blicke stören, schon gar nicht mit den Fingern in Reichweite des Weibchens kommen, denn jetzt beißt es mit aller Kraft zum Schutz der Brut.
Unter den befruchteten Eiern können auch unbefruchtete liegen. Sie müssen die Eier in Abwesenheit des Weibchens prüfen: Die unbefruchteten erkennen Sie nach etwa 10 Tagen des Brütens, indem Sie sie gegen das Licht halten, an ihrer klaren Durchsichtigkeit; befruchtete Eier haben dagegen einen leicht bläulichen Schimmer und wirken dunkler.
Hat das Weibchen nur wenige Eier gelegt, so lassen Sie die unbefruchteten bei den befruch-

◁ Wellensittich-Geburt und Entwicklung der Jungvögel. L. o.: Gelege, r. o.: Geschlüpfte Junge 3 Tage alt, l. u.: Brut nach 10 Tagen, r. u.: Jungvögel 3 Wochen alt.

teten liegen. dadurch bekommen die frisch geschlüpften Jungen später eine leichte Stütze gegen das Gewicht der Mutter.
Wie Brut und Aufzucht der Jungen verlaufen, ist im Kapitel über das Leben der australischen Wellensittiche beschrieben (→ Seite 57). Während der kommenden, für die Vögel anstrengenden Wochen brauchen sie besonders abwechslungsreiche Nahrung. Das Vogelzimmer muß stets gleichbleibend temperiert sein, frische Luft und etwas Feuchtigkeit haben (Verdunster an die Heizkörper hängen oder den Luftbefeuchter verwenden). In den ersten 4 Wochen hat das Männchen nur wenige Pflichten. Zwar füttert es bereits das Weibchen, doch ernährt sich das Weibchen noch weitgehend selbst. In dieser Zeit, in der das Weibchen nur für Minuten aus dem Nistkästchen kommt, wird sich das Männchen oft etwas einsam fühlen und gern die Gesellschaft seines Pflegers suchen. Schenken Sie ihm in diesen Wochen viel Zuwendung, und bemühen Sie sich außerdem darum, in der Umgebung des Brutkästchens nichts zu verändern; denn darauf reagiert das Weibchen sehr sensibel.

Das Schlüpfen und die Aufzucht

Noch ehe die Jungen schlüpfen, sollten Sie den Eltern das spezielle Aufzuchtfutter anbieten, das aus wertvollen und wichtigen Substanzen zusammengestellt wird. Gewöhnen sich die Vogeleltern beizeiten daran, dann werden die Jungen besonders hochwertig ernährt. Ertönt nach 21 Tagen Brutzeit das erste zarte Piepsen aus dem Kästchen, müssen Sie den Gang zum Öffentlichen Ordnungsamt (Polizeidienststelle) antreten und den Nachwuchs melden, das ist Gesetz.

Ist bisher alles reibungslos verlaufen, können Sie auch die nun beginnende Aufzucht der Jungen völlig den Eltern überlassen. Stören Sie trotz größter Neugier das Weibchen nicht zu oft durch Öffnen des Deckels. Sehen Sie aber einmal täglich in die Kinderstube, am besten aber nur, wenn das Weibchen gerade ausgeflogen ist. Die jungen Wellensittiche liegen als Knäuel im Nest, die schweren Köpfchen zu Boden gesunken (→ Farbfotos Seite 54). Das nackte Kleinste wird meist von den älteren Geschwistern bedeckt. Ist die Zahl der Geschwister aber zu groß, kann das zuletzt Geschlüpfte erdrückt werden. Sollten Sie ein Junges tot im Nest finden, entfernen Sie es sofort.
Vom 10. Lebenstag an sprießen den kleinen Nestlingen die ersten Flaumfedern. Nach 13 Tagen werden die großen Federn im Ansatz sichtbar. Bei einem jungen Wellensittich von etwa 18 Tagen ist das Federkleid soweit ausgebildet, daß Sie ihn schon einmal aus dem Nest nehmen und vorsichtig betrachten dürfen. Doch hüten Sie sich, die kleine Leihgabe ins Nest zurückzusetzen, solange die Mutter ihre anderen Kinder hudert (das heißt: Die Mutter nimmt die Jungen unter ihre Flügel); Sie dürfen schon gar nicht das Junge einfach durchs Einschlupfloch wieder hineinschieben. Die hudernde Mutter wird alles von außen Eindringende als Feind wütend mit dem Schnabel angreifen und könnte ihr Kind in ihrer großen Erregung töten.
Vom 26. Tag an besitzt der junge Wellensittich sein vollständiges Gefieder; bald darauf wird er dann auch das Nest verlassen. Schon zuvor müssen Sie dafür sorgen, daß die Jungen nach dem Verlassen des Nestes eine zweckmäßige Bleibe finden. Sie brauchen aber allesamt genügend Platz; denn tagelang werden die Jungen ihre Flügel stärken, indem

sie sich an einem Ast oder einer Sitzstange festhalten und die Flügel kräftig auf und ab schwingen. Die ersten Flüge sind wiederum durch naturwidrige Umgebung gefährdet. Zwar sind die Kleinen flugfähig, aber sie können nicht rechtzeitig »bremsen«. Sie fliegen zur nächsten Wand, stoßen dagegen und fallen flatternd zu Boden. Glücklicherweise ist ihre Fluggeschwindigkeit noch nicht so groß, daß sie sich durch den Anprall ernstlich verletzen können. Eine mit vielen Zweigen und Ästen ausgestattete Voliere hilft den noch nicht landegewandten Jungen erheblich über die Anfangsschwierigkeiten hinweg. Außerdem gelingt es den Jungen leichter, Gitterwerk anzufliegen und dort zu landen. Müssen die Vogelkinder mit einem Zimmer für die ersten Flüge vorliebnehmen, sollten Sie für die ersten Wochen mehrere extra dicke Kabel in unterschiedlicher Höhe spannen; sie haben den richtigen Durchmesser und sind weich, so daß sich die Vögel gut daran festhalten können. Außerdem helfen frei angebrachte Zweige und Sitzstangen. Ideal wäre ein Vogelzimmer, auf dessen Boden Sand gestreut wird. Dort könnten die Jungen zunächst beisammen leben und auch ihre Nahrung finden. Sie könnten dann erst einmal kleinere Flüge von Ast zu Kabel unternehmen und dabei ihre Geschicklichkeit üben.

Sonderteil: Wellensittiche verstehen lernen

Kleiner australischer Wildling

Jeder, der mit Wellensittichen lebt, fragt sich gewiß oft, warum seine Vögel dieses tun und jenes lassen, warum sich ihre Verhaltensweisen in manchen Dingen ihres Vogellebens so sehr von denen europäischer Vögel unterscheiden.
Liest man Berichte über das Leben der Wellensittiche in Australien, dann kann man viel besser verstehen, warum die Vögel gerade diese für ihre Art typischen Verhaltensweisen entwickelt haben.

Sittichleben in Steppe und Halbwüste

Ursprünglich waren wohl alle australischen Papageien und Sittiche Waldbewohner. Mit dem Ende des Pleistozäns, der älteren Periode der Erdneuzeit, begannen große Teile des australischen Kontinents auszutrocknen. Für die Papageien und Sittiche ergab sich die Notwendigkeit, sich den neuen ökologischen Bedingungen in den Trockengebieten anzupassen, was vor allem den Sittichen besonders gut gelang. Der kleine Wellensittich, einst Bewohner des australischen Urwalds (wie es ihn noch heute im Norden des Kontinents gibt), paßte sich nicht nur an das Leben in der Strauchsteppe an, er behauptet sich sogar noch in der nur mit Stachelschweingras bewachsenen Halbwüste.
Heute ist der »Betcherrygah«, wie ihn die australischen Ureinwohner nennen, fast über den gesamten Kontinent verbreitet. Er bevorzugt offene Landschaften und meidet dichte Waldgebiete sowie die küstennahen Landstreifen. Am liebsten hält er sich an den Ufern der Creeks auf, das sind Bach- und Flußläufe, die nur periodisch Wasser führen. Hier wachsen hohe Eukalyptusbäume, die zu den eigentlichen »Lebensbäumen« der Wellensittiche wurden (→ Farbfoto Seite 64).
Der Vogel kann in einer ausgesprochenen lebensfeindlichen Umwelt existieren: Die Tagtemperaturen in den Trockengebieten liegen durchschnittlich bei 30 bis 35 Grad C, steigen aber zeitweise bis zu 45 Grad C im Schatten an. In den Nächten können stundenweise Minusgrade herrschen. Regenfälle treten unregelmäßig auf. Wenngleich auch im Süden des Kontinents in den Wintermonaten häufiger Regen zu erwarten ist – im Norden regnet es mehr in den Sommermonaten –, so kann man doch nicht von festen Regenzeiten sprechen. Während der Trockenperioden verdorren kleinere Pflanzen, das Wasser versiegt, nur große Bäume – vor allem Eukalyptusbäume, Flaschenbäume, Grasbäume, Akazien und Spinifex – behalten ihr Laub und bieten dem Wellensittich Schatten und Sichtschutz. Als Nahrung finden die Vögel in diesen Zeiten lediglich trockene Samenkörner, eiweißarm und ohne Feuchtigkeit.
Beobachter von freilebenden Wellensittichen sprachen von der »heimlichen Lebensweise« dieser Vögel; sie erklärt sich aus den extremen Umweltbedingungen, unter denen die Wellensittiche in Gruppen von 10 bis 50 Tieren zusammenleben. Tagsüber, vor allem in den heißen Stunden, sitzen sie meist ruhig in den Zweigen der Bäume. Durch ihre grüne Tarnfarbe entziehen sie sich dem Blick ihrer Feinde. Die gelben Stellen in ihrem Gefieder wirken wie das Spiel des Sonnenlichts im grünen Laub. Manche Bäume scheinen durch aufsitzende Vogelschwärme mit gelben Blüten überzogen (→ Farbfoto Seite 64). Die so eigenartig wirkende Bewegungslosigkeit der Vögel ist nichts weiter als sinnvoller Ausgleich für den Mangel an Feuchtigkeit. Durch

Bewegung wird der Sauerstoffbedarf eines Lebewesens höher, die Lungentätigkeit verstärkt sich, wodurch vermehrt Körperfeuchtigkeit verdunstet. Der Wellensittich ist also wegen des Mangels an Feuchtigkeit zum »Sparen« gezwungen. Diese »Trockenanpassung« für den Notfall vermag der Wellensittich so zu steigern, daß er – wie im Versuch nachgewiesen wurde – bei einer Luftfeuchtigkeit von nur 30% (in München beispielsweise liegt die durchschnittliche Luftfeuchtigkeit bei 78%) und bei einer Durchschnittstemperatur von 30 Grad C bis zu drei Wochen überleben kann, ohne einen Tropfen Wasser zu sich zu nehmen.
In den kühleren Morgen- und Nachmittagsstunden ziehen die Wellensittiche in Gruppen oder Scharen auf Nahrungssuche weit im Land umher, in den heißen Tagesstunden fallen sie wieder in die schützenden Laubbäume ein. Morgens und abends kommen sie regelmäßig an die nächstgelegene Wasserstelle. In Zeiten großer Dürre schließen sich die Wellensittichgruppen zu Schwärmen von Tausenden von Vögeln zusammen, die auf Futtersuche das Land durchstreifen. Dabei wurde der Wellensittich in den letzten Jahrzehnten sogar zum »Kulturnutzer«: Die Vögel trinken auch aus künstlich angelegten Viehtränken und Wasserreservoirs. Australische Farmer berichteten von Wellensittichschwärmen, die Tausende, ja bis zu Millionen von Vögeln vereinten. Suchen Wellensittichschwärme solche künstlichen Wasserreservoirs mit senkrechten Betonwänden auf, werden diese mitunter für Tausende zur Todesfalle. Die durstigen Tiere drängen mit solcher Kraft ans Wasser, daß bereits trinkende Vögel von den nachkommenden ins Wasser gedrückt werden. Aus einem künstlich angelegten Teich wurden etwa 30 000 ertrunkene Wellensittiche geborgen, ein Farmer mußte 5 Tonnen Vogelleichen aus seiner Viehtränke schaufeln. Trotz dieser riesigen Verluste vermehrt sich die Population (Gesamtheit der Individuen einer Art in begrenztem Raum) in Regenzeiten wieder ungemein schnell.

Gebrütet wird, wenn Regen fällt

Daß der Wellensittich die jährlich auftretenden Millionen-Verluste an Individuen so rasch auszugleichen vermag, ist wiederum ein eindrucksvolles Beispiel seines hervorragenden Anpassungsvermögens. Während die Brutzeiten der uns vertrauten Singvögel von der Länge der Tage, also vom Sonnenstand, abhängig sind, kennt der Wellensittich keine festen Brutzeiten. Alle inneren (= hormonellen) Vorgänge, die Voraussetzungen sind für Balz- und Brutstimmung, stellen sich beim Wellensittich dann ein, wenn es zu regnen beginnt oder wenn er auf seinen ausgedehnten Wanderungen Gebiete erreicht, in denen kurz zuvor andauernde Regenfälle niedergingen. Der Vogel ist dann nicht nur von früh bis spät von geschäftiger Lebendigkeit, sondern auch sofort bereit zu Balz und Paarung. Das Weibchen sucht eine Nisthöhle und gerät dabei in Brutstimmung. Der erwachsene Wellensittich kann monatelang von trockenen Körnern und mit einem Minimum an Feuchtigkeit existieren, er braucht aber für die Aufzucht seiner Jungen unbedingt halbreife Sämereien. Nach dem Regen beginnen die Pflanzen zu wachsen und Samen auszubilden. Während dieser Zeit legen die Weibchen ihre Eier und brüten. Wenn die ersten Jungen schlüpfen, finden die Eltern bereits das notwendige Futter für die Aufzucht der Brut vor. Solange Feuchtigkeit und Wachstum der

Grünpflanzen anhalten, bleibt die Vogelschar im fruchtbaren Gebiet und beginnt nach der ersten Brut sofort mit der zweiten, gegebenenfalls auch noch mit einer dritten. Zwingt dann beginnende Dürre die Tiere, ihr Nomadenleben wieder aufzunehmen, sind auch die letzten Jungvögel flügge und damit fähig, sich der Schar anzuschließen.
Mit dem Nestbau braucht sich das Wellensittichweibchen nicht aufzuhalten; es benützt zum Nisten vorhandene naturgegebene Höhlen in möglichst hoch gelegenen Astlöchern von Eukalyptusbäumen. Meist genügt als Polster für die Eier der vorhandene Mulm am Höhlenboden. Da das Weibchen eifrig die Höhle oder deren Einstieg vergrößert, fallen auch feine Späne an, die dann als zusätzliche Unterlage dienen. Auch wenn im Brutgebiet einer Schar mehrere Bäume zum Nisten vorhanden sind, so nisten die Pärchen einer Gruppe doch alle nahe beisammen in einem Baum. Mit Sicherheit ist das gesellige Brüten wiederum eine Anpassungserscheinung; denn die zur Erhaltung der Art zur Verfügung stehende knappe Zeit muß von allen Paaren voll genutzt werden. Durch die Zeremonien der Paarung und den in unmittelbarer Nähe befindlichen Nistbetrieb beginnen auch Paare, die noch nicht in entsprechender Stimmung waren, rasch mit der Paarung und Brut.
Im Abstand von zwei Tagen legt das Weibchen 5 bis 8 Eier in die Nisthöhle und brütet sie allein aus. Das Männchen hält sich nahe bei der Höhle auf, wobei nicht feststeht, ob es Wache hält oder in der Nähe bleibt, weil der Wellensittich eben daran gewöhnt ist, in der Gruppe zu leben. Er füttert sein Weibchen während des Brütens durch das Einschlupfloch. In die Nisthöhle darf er aber erst, wenn die Jungen bereits größer geworden sind und dann von ihm mitgefüttert werden. Doch nicht jedes Weibchen läßt den Vater ins Nest kommen, oft muß das Männchen mit dem direkten Füttern der Jungen warten, bis sie ausfliegen können.
Wellensittiche haben einen regen Stoffwechsel und setzen häufig Kot ab.
Das weiße, nicht flüssige Harnkörnchen ist von einem dunklen Ring von festem Kot umgeben. Von meinen Wellensittichen weiß ich, daß ein solches Kotbällchen alle 15 bis 20 Minuten erscheint, geruchlos ist und keine Flecken hinterläßt. Da ein brütendes Weibchen ihren Kot aber nicht unmittelbar am Nest absetzen darf, um Feinde nicht darauf aufmerksam zu machen, muß es sich also weiter und damit auch für längere Zeit vom Nest entfernen. Alle 15 bis 20 Minuten würde dies aber der Brut schaden. Deshalb reguliert sich der Stoffwechsel des Weibchens sinnvollerweise schon vor der Ablage des ersten Eies so, daß es nur alle zwei bis drei Stunden das Nest verlassen muß, um dann entsprechend größere Mengen auszuscheiden. Außerdem beginnt das Weibchen nach dem Legen des letzten Eies mit einer leichten Mauser (diese Mauser wird vom Männchen des europäischen Wellensittichs gleichzeitig mitgemacht). Manche Autoren sind der Ansicht, das Weibchen reiße sich Federn aus als zusätzliche Wärmequelle für die Jungen. Ich habe ein Ausreißen von Federn nie beobachten können und glaube eher, daß hier ein Vorgang zweierlei Nutzen bringt. Die vom Weibchen ins Nest fallenden Federn wärmen die Jungen tatsächlich. Beide Elternvögel nützen aber auch die Zeit der guten Weidegründe und der geringeren Flugtätigkeit, um ihr Federkleid teilweise zu erneuern.

In drei Monaten erwachsen

Nach 18 Tagen Brutdauer schlüpfen die Jungen im Abstand von zwei Tagen in der Reihenfolge der Eiablage. Das Weibchen füttert die ganz kleinen Nestlinge mit einem speziell für die Brut produzierten Sekret aus dem Vormagen. Nach einigen Tagen erhalten die bereits größeren Kinder vorverdautes Futter aus dem Kropf, die kleineren weiterhin Nahrung aus dem Vormagen. Um diese Unterschiede der Nahrungsart zu gewährleisten, werden die früher geschlüpften Vogelkinder stets zuerst gefüttert; die Mutter würgt nach dem Leeren des Kropfes für die älteren Kinder für die Fütterung der jüngeren den Inhalt des Vormagens heraus. Sind erst Junge im Nest, verläßt das Weibchen die Kinderstube noch seltener als zuvor, um Kot abzusetzen, um rasch selbst zu essen und sich zu putzen. Das meiste der benötigten Nahrung erhält das Weibchen vom Männchen, ebenfalls vorverdaut aus dem Kropf. Auf diese Weise steht ständig bereits vorverdaute Nahrung für die Kleinen zur Verfügung. Müßte das Weibchen das Futter selbst im Kropf erst aufbereiten, ginge wertvolle Zeit verloren. Das Brutgeschäft steht in jedem Fall unter Zeitdruck, da stets ungewiß ist, wie lange die günstigen Ernährungsbedingungen anhalten. So ist alles darauf eingerichtet, daß die Wellensittichbrut schnell wächst und flügge wird.
Zwei bis drei Wochen lang hudert das Weibchen seine Jungen, deren grauweiße Daunen in dieser Zeit vom ersten Federkleid abgelöst werden. Die Aufzucht erfolgt so planmäßig und rationell, daß keinerlei Zeit vergeudet wird, beispielsweise den Kot der Jungen aus dem Nest zu schaffen. Offenbar verursacht dies keinen Schaden. In manchen Berichten fand ich Hinweise auf Kleinst-Parasiten, die sich im Nest vom Kot der Jungen nähren. Entsprechend dem Schlupfabstand verlassen die Jungen nach etwa vier Wochen das Nest. Sie sind dann flugfähig und selbständig, werden aber noch eine bis zwei Wochen vom Vater betreut und gelegentlich auch noch gefüttert. Das Weibchen hat während dieser Zeit – oft schon vor dem Flüggewerden des letzten Jungvogels – bereits mit dem zweiten Gelege begonnen, soweit dies die Vegetationsbedingungen zulassen. In den ersten drei Monaten trägt der eben flügge Wellensittich sein Jugendkleid. Es unterscheidet sich nicht wesentlich von dem des Altvogels. Die Federn haben bereits die typischen Zeichnungen, die Farben sind nur merklich blasser. Die gelbe Gesichtsmaske ist nur angedeutet, die Wellenzeichnung des Hinterkopfes reicht über Oberkopf und Stirn bis zur Wachshaut. Die Wachshaut selbst ist indifferent hell und verrät nur andeutungsweise das Geschlecht des Vogels. Am eindrucksvollsten sind die großen schwarzen Knopfaugen der Wellensittichjungen. Das sichtbare Auge besteht nämlich nur aus Pupille. Die weiße Iris, die aber auch beim erwachsenen Wellensittich nur ausnahmsweise deutlich sichtbar wird (beispielsweise beim Liebesspiel), bildet sich erst mit dem Federnkleid des geschlechtsreifen Wellensittichs, läßt dann aber die Pupille kleiner erscheinen. Nach drei Monaten beginnt für den Jungvogel die Jugendmauser. Danach gleicht er den Altvögeln und ist auch geschlechtsreif. Sollte der Schwarm schon bald wieder geeignetes Brutgebiet finden, so könnte auch die jüngste Generation schon zur Erhaltung der Art beitragen. (Beim domestizierten Wellensittich beginnt die Jugendmauser für im Frühling geschlüpfte Vögel ebenfalls nach drei Monaten; für Herbst-»Kinder« erst im darauffolgenden Frühling.)

Sonderteil: Wellensittiche verstehen lernen

Die Feinde des Wellensittichs

Auf der Suche nach Futter und Wasser wandern die Vögel dann wieder in Gruppen oder Schwärmen weite Strecken und lassen sich in fündigen Gebieten nieder, solange die Vorräte reichen. Wiederum nützen sie die kühleren Morgen- und Abendstunden, um ihre Nahrung auf dem Boden zu suchen. Bevorzugt werden halbreife Gras- und Kräutersamen, notfalls begnügen sie sich mit trockenen Körnern. Dabei klettern sie geschickt mit Hilfe ihres Greifschnabels und ihrer Kletterfüße an höheren Stauden empor und im Buschwerk herum. Die Vögel nehmen als Verdauungshilfe mit ihrer Nahrung auch groben Sand auf. Ob kleine Insekten zur arttypischen Nahrung gehören oder nur zufällig verschluckt werden, ist nicht klar. Während die Vögel am Boden Nahrung suchen, essen, trinken oder auch im taufeuchten Gras baden, verhalten sie sich völlig still. Das hat seinen Grund: In dieser Situation sind die Wellensittiche nämlich ihren Hauptfeinden, den Greifvögeln, schutzlos ausgeliefert. Stößt ein Falke oder ein anderer Raubvogel in eine solche Wellensittichgruppe, kann er allerdings immer nur ein Opfer greifen: Meist ist es ein kranker oder alter Vogel, der nicht mehr schnell genug war, um zu entkommen. Die anderen fliegen mit Geschrei und Gezeter in den am nächsten stehenden Baum, wo sie gegen Feinde dieser Art geschützt sind. Wie überall auf der Welt, ist die Anzahl der erbeuteten Vögel im Verhältnis zur Gesamtpopulation sehr gering, so daß auch von einer Gefährdung des Wellensittichbestands durch Greifvögel nie die Rede sein kann. Größter Feind der australischen Wellensittiche sind die langen Trockenzeiten, in denen gebietsweise mehr als 12 Monate kein Tropfen Regen fallen kann. In diesen Perioden gehen Hunderttausende von Wellensittichen an Futtermangel und Durst zugrunde. Andere Feinde des Wellensittischs sind Schlangen und verwilderte europäische Hauskatzen, die der Mensch nach Australien gebracht hat. In ihr hat der Wellensittich einen Bodenfeind, gegen den ihn kein angeborenes Feindverhalten schützt.
Wellensittiche fliegen schnell und ausdauernd. Ihre Flughöhe überschreitet meist die der höchsten Bäume. Fliegen die Vögel in großen Schwärmen, so hat ihr Flug etwas Reißendes, Zielstrebiges, den Starenschwärmen vergleichbar. In diesem Schwarmverband sind sie gegen Raubvögel weitgehend geschützt. Einzelvögel und kleinere Gruppen fliegen langsamer und in angedeuteten Bogen- oder Wellenlinien. Bei Gefahr verhalten sich Wellensittiche zunächst reglos, um im letzten Moment mit einem Schrei aufzufliegen und pfeilschnell den nächststehenden Baum aufzusuchen. Scheint die Gefahr vorüber, fliegen sie zum Baum der Gruppe zurück.

Das Leben in der Gruppe

Soviel wir vom freien Leben des Wellensittichs in seiner Heimat wissen, so wenig detailliertere Einzelheiten sind uns von seinen Verhaltensweisen bekannt. Dennoch dürfen wir davon überzeugt sein, daß der Wellensittich als Angehöriger der Familie der Papageien mit zu den höchstentwickelten Vogelgruppen zählt, die dem Menschen durch überdurchschnittliche Intelligenz und vielfältige angeborene und erworbene Verhaltensweisen aufgefallen ist. Die Tiere einer Wellensittichgruppe und besonders die Ehepaare kennen sich persönlich. Die Ehen dauern lebenslang. Lediglich der Tod eines Partners kann Anlaß zu

Dieses Meisterfoto des australischen Tierfotografen Norman Chaffer zeigt ein wildlebendes Wellensittich-Männchen, das einen Jungvogel am Eingang zur Nisthöhle füttert. ▷

einer erneuten Paarbildung sein. Der Zusammenhalt der Gruppe und der Paare wird durch die gegenseitige Gefiederpflege bekräftigt. Die Männchen füttern ihre Weibchen auch außerhalb der Brutzeit zur Festigung der Bindung, ranghöhere Vögel füttern rangniedere Vögel, wahrscheinlich um den Zusammenhalt der Gruppe und die Rangordnung zu sichern.

Flug und Landemanöver

Wellensittiche sind von Natur aus gewandte Flieger. Rasch lernen sie den zur Verfügung stehenden Raum kennen und nützen ihn geschickt in Länge und Breite für ihre Flüge. Die Vögel benutzen gern unterschiedliche Landeplätze, sie werden als Eigentum betrachtet und vom Partner respektiert. Sie hören am Fluggeräusch recht gut, ob der Vogel nur aus Abwechslung von einem Platz zum andern fliegt, ob er seinem Partner fliegend imponieren will oder ob er ihn zum Mitfliegen auffordert. Der fliegende Platzwechsel vollzieht sich ohne Hast und stimmlos. Im Imponierflug zieht das Männchen große Runden und landet meist am Abflugplatz. Bei der Aufforderung zum Mitfliegen läßt der Auffordernde einen hellen Schrei ertönen und fliegt über den Partner hinweg oder dicht neben ihm ab; erfolglos bleibt diese Aufforderung nur, wenn der andere krank ist oder sich an das Brutkästchen gebunden fühlt. Ganz ohne Grund verläßt einer der Vögel aber manchmal mit lautem Schrei im »Schreckflug« seinen Platz. Hierbei reißt er den Partner unweigerlich mit sich. Dieses pfeilschnelle Davonschießen unterscheidet sich deutlich von anderen Flügen. Der Schreckflug wird von einem lauten Warnruf begleitet. Der Vogel hat danach oft nicht genügend Zeit, einen bekannten Landeplatz zu finden. Es kommt daher in der Hast leicht zu einer Notlandung auf sonst gemiedenen Gegenständen. Offenbar hat der Wellensittich auch ohne erkennbaren Grund häufig das Bedürfnis, einmal mit lautem Warnschei aufund davonzufliegen.

Stimmäußerungen

Die von mir als Warnschrei und Angstgezeter benannten Stimmäußerungen läßt der Vogel jeweils in bedrohlichen, gefährlichen Situationen hören. Vor dem Einschlafen ertönt das zarte Schnabelwetzen, bei gelassener Untätigkeit oft ein gesangartiges Zwitschern. Das zärtliche Füttern wird von hohem Girren begleitet, liebende Annäherung von rhythmischen hellen Schnalztönen. Das lautstarke Schimpfen der Wellensittiche kann oft wirklich nur als Energieüberschuß gewertet werden, mitunter möchte man aber auch Ärger oder Empörung als Auslöser vermuten. Bei verhaltener, freudiger oder erotischer Erregung knurrt der Wellensittich zart und fast melodisch.

Hören, Sehen, Riechen, die Neugier und die Furcht

Hören kann ein Wellensittich so gut wie ein Mensch. Vertraute Geräusche nimmt er ohne besondere Reaktion hin. Lautes Knallen, ungewöhnlichen Lärm beantwortet er je nach Stärke mit Warnschrei und Schreckflug oder mit ängstlichem gespanntem Horchen, wobei er sich ganz schlank macht.
Sehen können die Wellensittiche ebenso gut

◁ Wellensittich-Schwarm in der australischen Wildnis. Das Bedürfnis nach Geselligkeit und Kontakt zum Artgenossen ist auch beim gezüchteten Wellensittich noch stark ausgeprägt.

wie der Mensch, es heißt ja, Vögel seien auch »Augenmenschen«. Alles Neue, Ungewöhnliche wird argwöhnisch betrachtet, auch kleinste Kleinigkeiten entgehen dem Blick des Wellensittichs nicht. Entweder äugt er mit schiefgehaltenem Köpfchen auf das unbekannte Ding, nötigenfalls rutscht er dabei rückwärts oder seitwärts und wird immer schlanker, oder er nimmt gleich erschrocken Reißaus. Andererseits ist der Wellensittich neugierig. Alles muß er genau ergründen, stets mit einer Mischung aus Angst und Neugier.
Empfindlich ist der Wellensittich gegen grelles Licht. Viele Vögel schrecken auf, wenn in der Dämmerung plötzlich das Licht eingeschaltet wird. Sie können Ihrem Vogel diesen Schrecken ersparen, wenn Sie die elektrische Birne zunächst mit der Hand umfassen und den Schein erst allmählich voll aufleuchten lassen. Unwohl fühlt sich der Vogel auf jeden Fall, wenn er direkt vom Lampenlicht angestrahlt wird.
Wie gut ein Wellensittich riechen kann, vermag ich nicht zu sagen. Hier möchte ich die Beobachtungen von Frau *Ragotzi* wiedergeben. Sie ist der Meinung, das Riechvermögen des Wellensittichs sei ebenso gut wie das des Menschen.

Balzobjekte

Das Balzverhalten des Wellensittichs wurde bereits detailliert geschildert (→ Seite 49). Allein gehaltene Männchen balzen statt eines Weibchens auch ein Ersatzobjekt an. Das kann eine kleine Kunststoffattrappe sein, ein Bällchen, ein Glöckchen, die Armbanduhr, das Ohrläppchen seines Menschenfreundes oder dessen Nase. Häufig sieht man ein Männchen auch vor einem Ast oder einfach ins Leere eifrige Verbeugungen machen, zärtlich zwitschern und mit »Pünktelaugen« einhertrippeln. Zwischendurch wird der Spiegel gefüttert, oder es wird die Nase des menschlichen Kumpans mit Brei verstopft. Wer das nicht mag, der sollte seinem Wellensittich beizeiten ein Weibchen zugesellen. Ist der Vogel erst an die Befriedigung seiner Triebe durch Ersatzobjekte gewöhnt, könnte es sein, daß er sich gegen das Weibchen nicht mehr artgemäß benimmt.

Traditionen

Wellensittiche sind traditionsbewußt. Sie fühlen sich einfach wohl und sicher, wenn bestimmte Vorgänge in immer gleicher Weise erfolgen. Das Aufsuchen der Schlafplätze beispielsweise muß abends möglichst mit gleichbleibenden Worten eingeleitet und bis zum Löschen des Lichtes von ihnen begleitet werden. Komme ich nach Hause, besteht Manky auf dem Begrüßungszeremoniell, das stets in gleicher Weise abläuft. Auch beim Baden gibt es feste »Regeln«. Solche traditionellen Gewohnheiten werden aber nicht immer starr beibehalten, sondern zuweilen etwas abgewandelt. Aber erst nach längerer Zeit werden sie aufgegeben und durch neue ersetzt.

Sind Wellensittiche intelligent?

Ich halte Wellensittiche für intelligent. Im Verhältnis zu ihrem Körpergewicht von nur 50 Gramm sind sie in meinen Augen sogar erstaunlich gescheit. Doch hierzu eine ganz objektive Aussage von Verhaltensforscher *Otto König,* der vom Zählvermögen der Tiere

durch Dressur berichtet. Demnach gelingt es dem Wellensittich ebenso wie der Dohle, durch Aufpicken von Körnern die Zahl 6 zu erreichen. Die Taube erreicht die Zahl 5, Kolkrabe, Elster, Gelbstirnamazone und Graupapagei die Zahl 7.
Das Sprechen des Wellensittichs kommt durch Lust und Talent am Nachahmen zustande, es hat nichts mit Denkvermögen zu tun. Sicher ist aber, daß einzelne Wörter oder Sätze mit bestimmten Situationen in Verbindung gebracht und folgerichtig angewandt werden. Beispielsweise sagt Manky immer dann deutlich »Entschuldige bitte, ich muß mir mal die Nase putzen«, wenn er sieht, daß ich ein Taschentuch zur Nase führe. Und beim Anhören »seines« Tonbandes, das ihm sehr vertraut ist, füllt er Sprechpausen mit den danach folgenden Wörtern.
Das Erkennen von bestimmten Gegenständen ist beim guten Sehvermögen des Wellensittichs nicht verwunderlich. Er unterscheidet aber zwischen gleich aussehenden Dingen genau und findet treffsicher das Vertraute und Bevorzugte heraus: Manky spielt am liebsten mit Bällchen, die aus einem globusartigen Gitterwerk bestehen und in deren Innerem eine kleine Schelle kugelt. Von diesen Bällchen besitze ich etwa 20 Stück, um jederzeit Ersatz zu haben. Stets ist er aber an ein bestimmtes gewöhnt und spielt ausschließlich mit diesem. Tausche ich das Bällchen aus, verschmäht er es nach der ersten Berührung, trauert regelrecht und sucht nach dem richtigen. Gebe ich das richtige mit drei falschen zurück, läuft er glücklich zum richtigen Bällchen und bringt es außer Reichweite. Die falschen werden nicht beachtet.
Für Ordnung haben Wellensittiche einen ausgeprägten Sinn. Die Näpfchen, die Petersilie – alles Gewohnte muß stets an seinem Platz zu finden sein, andernfalls herrscht kurzfristige Verwirrung.

Die »Verlegenheit« des Wellensittichs

Zahme Wellensittiche fliehen nur in größtem Schrecken vor dem vertrauten Menschen. Bei kleineren Ängsten weichen sie einfach in Verlegenheits-Beschäftigungen aus. So stellt *Hans-Joachim Michaelis* ein Verlegenheits-Putzen fest, wenn Neugierde und Unsicherheit des Vogels sich die Waage halten. Von Manky kenne ich das Verlegenheits-Essen. So gern er mit mir spielt und dabei kleine, sich drehende Kugeln mit dem Schnabel vom Tisch stößt, so ungemütlich wird ihm zumute, wenn eine oder gar zwei der Kugeln sich ihm nicht von vorne, sondern von der Seite nähern. Sofort läuft er zu seinem Schälchen auf dem Schreibtisch und beginnt zu essen. Entferne ich einige der Kugeln, wird die Lage für ihn übersichtlicher, und er beteiligt sich wieder am Spiel.
Obgleich alle Wellensittiche ihre arteigene »Sprache« sprechen, gleicht nicht einer dem anderen in Temperament und Wesensart.
Will man seinen Wellensittich aber genau verstehen, sollte man nicht nur die grundsätzlichen Verhaltensweisen, die allen gemeinsam sind, richtig deuten, sondern auch durch intensive Beschäftigung mit dem Wellensittich seine ganz persönlichen Ausdrucksmöglichkeiten kennenlernen.

Sonderteil: Wellensittiche verstehen lernen

Körpersprache, Lautsprache, Sinnesleistungen

Sie sehen es einem Wellensittich ganz deutlich an, ob er sich fürchtet, sich rundherum wohl fühlt, ob er irgend etwas neugierig oder neugierig-skeptisch betrachtet. So klein der Vogel ist, er verfügt über eine ganze Menge von Ausdrucksmöglichkeiten. Durch seine wandlungsfähige Stimme und seinen akrobatisch-geschickten Körper kann er sich seinem Artgenossen und dem Menschen gut verständlich machen.

Was bedeutet es, wenn der Wellensittich . . .

Am Kopf kratzen: Wenn sich Wellensittiche am Köpfchen kratzen möchten, führen sie das Bein nicht einfach nach oben, sondern sie schieben es erst unter dem Flügel hindurch und führen es dann zum Kopf (→ Zeichnung).
Bein nach hinten strecken: Der Wellensittich muß beide Beine nacheinander von Zeit zu Zeit weit nach hinten strecken (→ Zeichnung). Beim Zurückziehen ballt er die Zehen meist zu einer kleinen Faust zusammen.

Wenn sich der Wellensittich am Kopf kratzen möchte, führt er das Bein unter dem Flügel hindurch zum Kopf.

Die Faust fehlt manchmal, bei einzelnen Vögeln sogar immer, aber das Wegstrecken der Beinchen muß sein. Fällt Ihnen auf, daß Ihr

Wenn der Wellensittich das Bein nach hinten streckt: Ein Zeichen für Wohlbehagen und unserem Räkeln vergleichbar.

Wellensittich stets nur eines der beiden Beinchen, und zwar immer das gleiche wegstreckt oder diese notwendige Bewegung gar nicht mehr ausführt, müssen Sie annehmen, daß dies der Beginn einer krankhaften Schwäche sein kann (Lähmung aus Vitaminmangel → Seite 44).
Auf einem Bein sitzen: Das Strecken der Beine wird häufig mit dem Einziehen eines Beinchens ins Gefieder beendet. Das Sitzen auf nur einem Bein bedeutet Gelassenheit; der Vogel schwätzt oder zwitschert dabei leise vor sich hin.
Kopf ins Gefieder stecken: Dabei kann er in erhöhtem Wohlgefühl auch den Kopf um 180 Grad nach hinten wenden und den Schnabel ins Gefieder stecken. Verstummt das Schwätzen allmählich, ist er eingeschlafen. Manche Vögel schlafen aber auch, auf beiden Beinen sitzend, in dieser Haltung. Vor dem Einschla-

Sonderteil: Wellensittiche verstehen lernen

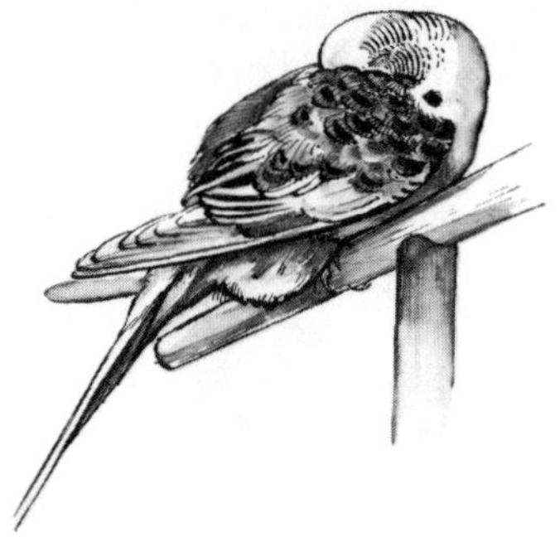

Schlafhaltung des Wellensittichs: Der Kopf ist nach hinten gedreht und ins Rückengefieder versenkt.

fen kann der Vogel aber auch auf beiden Beinen aufrecht sitzen. Dann hören Sie oft leise Töne, die der Vogel durch seitliches Schnabelwetzen verursacht; auch das bedeutet Wohlgefühl.

Gefiederpflege: Seine geschmeidige Beweglichkeit können Sie auch gut beobachten, wenn sich der Vogel putzt. Das tut er täglich mit Unterbrechung einige Stunden lang, um die vielen Federn alle einzeln zu pflegen. Er zieht sie geschickt durch den Schnabel (→ Farbfoto Seite 10), glättet sie dabei und entfernt Staub. Jede Körperstelle erreicht er in erstaunlichen Verrenkungen mit dem Schnabel, nur den Kopf muß er mit den Füßen bearbeiten. Dem Bürzel, der Fettdrüse an der Oberseite des Schwanzansatzes, entnimmt er gewandt mit dem Schnabel etwas Fett und bringt es danach auf die Federn; das Köpfchen reibt er rundherum direkt an der Fettdrüse. Diese leichte Fettschicht dient als Schutz gegen Feuchtigkeit und zur Pflege der Federn. Manchmal wetzt er sein Köpfchen aber auch an einem Ast, an einer Kante des Käfigs, um sich schnell und kräftig zu kratzen. Das Bedürfnis besteht vor allem, wenn nach der Mauser die neuen Federn wachsen. Diese stecken zunächst in einer feinen Hülle und entfalten sich erst, wenn die Hülle platzt und abfällt. Wie feinste Schuppen fallen die Hüllen der Federn nach der Mauser zu Boden. Sie können nachwachsende Federn zuerst wie kleine runde Stifte zwischen den vorhandenen Federn erkennen.

Schwanzputzen: Am wertvollsten scheint dem Wellensittich sein Schwanz zu sein; er wird am häufigsten geputzt, jedoch ausschließlich im Selbstverfahren (→ Farbfoto Seite 10). Niemals darf der Partner das übernehmen; schon der zaghafte Versuch löst Abwehr und Angstgeschrei aus. Offensichtlich verfügt der Wellensittich für seinen Schwanz, vor allem für die -spitze, über einen besonderen Sensor, der ihm mitteilt: Berührung durch einen Gegenstand, unvermeidbar – oder: Berührung durch ein Lebewesen, unbedingt abwehren!

Anheben der Flügel: Ebenso häufig wie das Strecken der Beine ist auch das Heben der geschlossenen Flügel nach oben (→ Zeichnung unten). Dies geschieht sowohl zur Entspannung als auch, um bei Hitze Körperwär-

Wenn der Wellensittich die Flügel anhebt, will er sich entspannen oder überschüssige Körperwärme abgeben.

me abzugeben. Oft ist dies aber auch ein Zeichen von großer Zufriedenheit.
Gefieder schütteln: Das Schütteln des Gefieders erfolgt stets, wenn sich eine körperliche oder seelische Spannung löst.
Flügel seitlich abstellen: Stellt der Wellensittich die geschlossenen Flügel dagegen seitlich oder »eckig« ab, ist er erregt.
In die Luft beißen: Wird der Vogel dabei ganz schlank und beißt leer in die Luft, fühlt er sich krank, hat Schmerzen oder fürchterliche Angst (→ Zeichnung Seite 41).
Flügel »eckig« abstellen: Stellt er die Flügel aber »eckig« ab, ohne dabei superschlank zu sein, möchte er einem Weibchen oder einem Rivalen imponieren, wobei aber dennoch stets ein gewisses Maß von Ängstlichkeit im Spiele ist.
Gegenseitig auf die Brust treten: Bei einem Rivalenkampf gehen die beiden Männchen mit gesträubtem Gefieder aufeinander los und treten sich gegenseitig auf die Brust, bis es einem von beiden zuviel wird und er wie ein Pfeil davonschießt.
Gegenseitig in die Füße beißen: Zwei Weibchen kämpfen anders; sie versuchen in erster Linie einander in die Füße zu beißen. Gelingt dies einem der beiden, ertönt das unverwechselbare Angstgezeter des unterlegenen Weibchens, das aber trotz des Geschreies oft blutig gebissen wird.
Den Besitzer beißen: Wellensittiche können mit ihrem kräftigen Schnabel schmerzhaft zubeißen: aus Angst oder wenn sie aggressiv sind. Mein Rat: Müssen Sie so ein verängstigtes oder aufgeregtes Tier aus zwingendem Grund in die Hand nehmen, geben Sie ihm ein dünnes Holzstäbchen in den Schnabel. Es wird mit aller Kraft darauf beißen, ohne Sie zu zwicken. Im übrigen beißen Wellensittiche ihren Artgenossen oder Partner Mensch so fest nur ausnahmsweise einmal aus überschäumender Spielfreude, aus wilder Zärtlichkeit. Seinen Wellensittich-Partner beißt das Weibchen nicht ernsthaft, so heftig es auch oft mit dem Schnabel nach ihm hackt. Kommt es zwischen einem Wellensittichpärchen zu Verletzungen oder gar zu einem tödlichen Kampf, wobei das Männchen dann der Verlierer ist, wäre der Grund eine starke Abneigung gegeneinander und die Tatsache, daß es auf zu engem Raum leben muß.
Kot abgeben: Alle 15 bis 20 Minuten gibt ein Wellensittich sein Kotbällchen ab. Sitzt er gerade auf einem Ast, auf Ihrem Finger, auf der Schulter, läßt er das Nötige einfach fallen. Sitzt er aber auf dem Boden, dem Tisch, so verharrt er nach dem Absetzen einige Sekunden unbeweglich. Ist der Vogel leicht erregt, gibt er auch öfter als normal ein Kotbällchen ab.

Aufforderung an die Leser

In diesem Zusammenhang noch eine Bitte an die Leser: Wenn Sie an Ihren Wellensittichen Verhaltensweisen beobachtet haben, die Lautsprache, Körpersprache und Sinnesleistungen betreffen und in diesem Buch nicht dargestellt sind, dann schreiben Sie uns bitte darüber. Es sollte sich allerdings nur um Vorgänge handeln, die sich bei Ihren Vögeln über einen längeren Zeitraum hinweg gleichbleibend wiederholt haben.

Die reich illustrierten Heimtier-Ratgeber – auch für Kinder geeignet

Rat und Hilfe für alle, die ein Tier versorgen. Leicht verständliche Texte, viele reizvolle Farbfotos und Zeichnungen machen den Tierhalter zum Experten für sein Tier. Auch für Kinder bestens geeignet. Jeder Band mit 72 Seiten, 50–60 Farbfotos, Tierzeichnungen. Paperback.

Horst Bielfeld
Meerschweinchen
Alles über Anschaffung, Pflege, Ernährung und Krankheiten.
Mit Sonderteil: Meerschweinchen verstehen lernen.

Helga Braemer/Ines Scheurmann
Aquarienfische
Alles über Süßwasser-Aquarien, die Auswahl der Fische und ihre Pflege. Mit Sonderteil: Fische verstehen lernen.

Petra Deimer
Papageien
Alles über Anschaffung, Eingewöhnung, Ernährung und Krankheiten.
Mit Sonderteil: Papageien verstehen lernen.

Leni Fiedelmeier
Dackel
Rauhhaar-, Kurzhaar-, Langhaardackel. Alles über Aufzucht, Pflege, Ernährung und Krankheiten. Mit Sonderteil: Dackel richtig erziehen.

Otto von Frisch
Der Beo
Alles über Anschaffung, Eingewöhnung, Ernährung und Krankheiten.
Mit Sonderteil: Beos verstehen lernen.

Otto von Frisch
Kanarienvögel
Alles über Anschaffung, Pflege, Krankheiten, Ernährung und Gesang.
Mit Sonderteil: Kanarienvögel verstehen lernen.

Helga Fritzsche
Hamster
Goldhamster, Zwerghamster, Gerbile. Alles über Anschaffung, Pflege, Ernährung und Krankheiten.
Mit Sonderteil: Hamster verstehen lernen.

Helga Fritzsche
Katzen
Alles über Anschaffung, Pflege, Ernährung und Krankheiten. Mit Sonderteil: Katzen verstehen lernen.

Helga Fritzsche
Igel als Wintergäste
Alles über Unterbringung, Pflege, Ernährung und Krankheiten. Mit Sonderteil: Igel verstehen lernen.

Helga Fritzsche
Kaninchen
Alles über Anschaffung, Pflege, Ernährung und Krankheiten.
Mit Sonderteil: Kaninchen verstehen lernen.

Ulrike Müller
Langhaarkatzen
Perser und andere Langhaar-Rassen. Alles über Anschaffung, Pflege, Ernährung und Krankheiten. Mit Sonderteil: Katzen verstehen lernen.

Hans-J. Ullmann, E. Ullmann
Pudel
Kleinpudel, Zwerg- und Toy-Pudel, Königspudel. Alles über Anschaffung, Erziehung, Ernährung und Krankheiten. Mit Sonderteil: Pudelschur und Fellpflege.

Hans-J. Ullmann, E. Ullmann
Spaniels
Alles über Aufzucht, Pflege, Ernährung und Krankheiten. Mit Sonderteil: Spaniels verstehen lernen.

Hartmut Wilke
Schildkröten
Alles über Anschaffung, Pflege, Ernährung und Krankheiten.
Mit Steckbriefen der wichtigsten Land- und Wasserschildkröten.

Annette Wolter
Wellensittiche
Alles über Anschaffung, Pflege, Ernährung und Krankheiten.
Mit Sonderteil: Wellensittiche verstehen lernen.

Gräfe und Unzer Verlag

Sachregister

Kursiv gesetzte Ziffern: Seitenzahlen der Farbfotos

Sachregister/Bücher, die weiterhelfen

Bücher, die weiterhelfen, wenn Sie züchten wollen:

Karl-Herbert Delpy, Wellensittiche; Einzelpflege, Volierenhaltung, erfolgreiche Zucht.
Verlag Neumann-Neudamm, Melsungen.

Hans-Joachim Michaelis, Der Wellensittich.
Neue Brahm-Bücherei, A. Ziemsen Verlag, Wittenberg Lutherstadt, DDR.

Georg A. Radke, Handbuch für Wellensittich-Freunde;
Pflege, Zucht und Farbspielarten.
Kosmosverlag, Stuttgart.

Abram Rutgers, Wellensittiche, pfleglich gehalten, kundig gezüchtet.
Ulmer Verlag, Stuttgart.